W0020502

Diane Broeckhoven

Einmal Kind, immer Kind

Diane Broeckhoven

Einmal Kind, immer Kind

Roman

Aus dem Niederländischen
von Isabel Hessel

C. H. Beck

Titel der Originalausgabe:
«Eens kind, altijd kind»
Erschienen bei The House of Books,
Antwerpen/Vianen 2004,

Das Zitat von Pablo Neruda auf S. 5 stammt aus
dem Band »Pablo Neruda. Das lyrische Werk«,
herausgegeben von Karsten Garscha.

Gesetzt aus der Bembo bei Fotosatz Amann, Aichstetten
Druck und Bindung: Kösel, Altusried-Krugzell
Gedruckt auf säurefreiem, alterungsbeständigem Papier
(hergestellt aus chlorfrei gebleichtem Zellstoff)
Printed in Germany
ISBN 3 406 53642 5

www.beck.de

. . . Mit Sternen übersät ist das Dunkel,
und blaugefroren zittern weit entfernte Gestirne.
. . .
Sternbesät ist das Dunkel,
und sie ist nicht mehr bei mir.
Pablo Neruda

Inhalt

Teil I

| Der Wintergarten

Floras Bauch war immer wieder eine Attraktion bei Familienfesten.

«Seht mal, wie eine Landkarte!» sagte Jeanne, sobald sie sicher war, daß ihr auch alle zuhörten. Sie schob ihre Hand hinter das Gummiband des Rocks, den ihre Tochter trug, und entblößte mit einem einzigen Ruck die geschundene Haut.

Flora hatte nie gewußt, wie sie sich dagegen zur Wehr setzen sollte. Doch am Weihnachtsabend des Jahres 1950 hielt sie es einfach nicht mehr aus. Gleich würde das Christkind kommen, und die Erwartung lastete plötzlich schwer auf ihr. Als Jeanne auch diesmal wieder Floras Landkartenbauch studieren wollte und Onkel Basil sagte, er könne den Äquator schon erkennen und wie warm es dort sei!, brach sie in hysterisches Heulen aus. Wütend zog sie ihren schwarzen Veloursrock hoch und schlug die Hand ihrer Mutter weg. Sie nahm in Kauf, daß ihre eigenen Hände nun wohl eines Tages aus ihrem Grab herauswachsen würden: die gerechte Strafe für Kinder, die ihre Eltern schlagen.

Eine Flasche *Elixir d'Anvers* ging auf den Fliesen zu Bruch, und während das Stimmengewirr in ihrem Rücken ohrenbetäubend anschwoll, verließ Flora den Kampfplatz. Sie ging in ihr Zimmer, setzte sich auf den gesteppten Bettüberwurf und ließ den Tränen freien Lauf. Der Arzt, der sie zweimal operiert hatte, hatte gesagt, ihre Weiblichkeit, zumindest das Innere davon, sei verklebt. Sie stellte sich eine wabbelige, adrige Qualle vor, die ziellos in ihrer Bauchhöhle umherschwamm. Sie würde niemals Kinder bekommen können. Im Dorf, wo jeder einen Onkel oder eine Tante Floras kannte, die ihre Landkarte mit eigenen Augen gesehen hatten, war das ein offenes Geheimnis. Welcher Mann interessierte sich schon für eine Frau wie sie, eine unfruchtbare Frau mit einem Bauch, auf dem kleine Flüsse violettfarbenen Fleisches in wilden Rundungen geronnen waren?

Fernab von der ausgelassenen Verwandtschaft gab sich Flora ganz ihrem mit einer Portion Aufsässigkeit garnierten Selbstmitleid hin. Sollten sie doch ihr Jesuskindlein um zwölf allein auf sein Strohbett legen. Eigentlich war das immer ihre Aufgabe gewesen, aber jetzt war damit Schluß. Sie begann, ihre weiße Bluse aufzuknöpfen, und beschloß, ins Bett zu gehen, noch bevor der Erlöser das Licht der Welt erblickt hätte. Sie wollte nichts, aber auch gar nichts mehr mit ihrer Familie zu tun haben. Vor allem nicht mit ihrer Mutter. Vielleicht sollte sie ins Kloster gehen, Berufung hin oder her. Sie nahm sich vor, sich nach Neujahr bei den Klarissinnen in der Stadt anzumelden, wo nicht gesprochen werden durfte und somit niemand das Geheimnis ihres Bauches erfahren würde.

 Tante Marcella kam in ihr Zimmer. An dem saugenden Geräusch auf dem Linoleumersatz hörte Flora, daß sie in den Likör getreten sein mußte, der sich auf dem Boden verteilt hatte. ‹Verklebt›, dachte sie und fühlte sich mit der ältesten Schwester ihrer Mutter sofort ein wenig enger verbunden.

«Du bekommst ein schönes Neujahrsgeschenk von mir», sagte Tante Marcella, «aber komm jetzt erst mal mit nach unten, damit wir die Weihnachtstorte anschneiden können.»

Flora knöpfte wortlos ihre Bluse zu, folgte ihrer Tante die Treppen hinunter und setzte sich wieder zu Tisch. Onkel Basil zwinkerte ihr zu und legte ihr eine dicke Scheibe von dem Kuchen, in dem Ringe aus Buttercreme glänzten, auf den Teller. Die Tanten schoben ihr Schokoladenblättchen und kleine Pilze aus Marzipan hinüber, zum Zeichen der Versöhnung.

«Komm, Kind, laß uns schlafen gehen», sagte Jeanne, als alle fort waren. Auf der Anrichte aus Granit stapelte sich der Abwasch. Auf den Zwischenfall kamen sie nicht mehr zu sprechen.

Am 28. Dezember probierte Flora bei Tante Marcella ihr Neujahrsgeschenk an: ein Schottenkleid mit einem kleinen weißen Kragen.

«Und jetzt tu einfach mal so, als wärst du auch eine dieser Rotznasen, die noch nie ein Schottenkleid oder einen Pikeekragen gesehen haben. Sonst ist es keine Überraschung mehr», murmelte ihre Tante mit einem Fächer Nadeln zwischen den Lippen.

Als Flora am 1. Januar 1951 das in braunes Packpapier eingeschlagene Kleid offiziell geschenkt bekam, hatte sie das Gefühl, ein neues Leben würde anbrechen. In ihrem Zimmer tauschte sie Rock und Bluse gegen die neue Errungenschaft ein, und vom Pikeekragen bis zum Saum auf halber Höhe ihrer Wade, ja sogar bis hin zu den Dreiviertelärmeln durchströmte sie neue Hoffnung – ohne Unterbrechungen. Behutsam streichelte sie über den flauschigen Stoff, unter dem ihr Körper zum Leben zu erwachen schien, als habe er neunundzwanzig Jahre lang geschlafen. Zögerlich erforschte sie die Rundungen ihrer Taille und Hüften. Erst jetzt wurde ihr bewußt, daß ihre Mutter ihr fortan nicht mehr die Bluse aus dem Rock ziehen konnte, um den Schaulustigen die Landkarte auf ihrem Bauch zu zeigen. Sie konnte sich nicht erinnern, je etwas anderes als diese Zweiteiler getragen zu haben, die wie geschaffen dafür waren, daß Jeanne ihre Hände dazwischenschob. Von nun an würde sie nur noch Kleider aus einem Stück tragen. Und was die alten Röcke und Blusen anging, würde sie Tante Marcella bitten, einen breiten Gürtel aus Kunstleder zu machen, mit dem sie die vogelfreie Zone dazwischen hermetisch abschließen konnte. Sie sah in den Spiegel und hielt ihre Locken im Nacken kokett ein wenig nach oben. In dem enganliegenden Leibchen kamen ihre Brüste gut zur Geltung. Vielleicht würde sie dem Orden der Klarissinnen doch nicht beitreten.

Nie wieder sollte irgend jemand Floras Landkartenbauch zu Gesicht bekommen. Niemand außer Mon, der ausgerechnet in jenen Tagen, als der Winter gerade zu Ende gegangen war, in ihr Leben trat. Zunächst trat er jedoch in Jeannes Leben, die es sich in den Kopf gesetzt hatte, hinter dem Haus einen Wintergarten zu errichten. Eine «Kuppel» nannte sie die gläserne Konstruktion, die in dem beengten

 Arbeiterhäuschen etwas Platz schaffen, aber vor allem ein Gefühl von durchsichtigem Nachkriegsluxus verbreiten sollte.

Die Nachbarn hatten bereits so eine Kuppel gebaut. Nachdem Jeanne sie sich einmal angesehen hatte, konnte sie tagelang über nichts anderes mehr reden als über die Diwane im Kolonialstil, die Zimmerpflanzen und vor allem die vom Nachbarn eigenhändig ausgestopften Frettchen nebst sonstigem Getier mit Murmeln in den Augenhöhlen. Ihren eigenen gläsernen Palast wollte sie anders einrichten. Besser natürlich. Onkel Louis, der Tapezierer und Dekorateur war, sollte die Sessel im Salon mit rustikalen Stoffen beziehen. Dann könnten sie drinnen etwas anderes, etwas Moderneres, hinstellen.

«Aus rotem Velours, mit goldenen Fransen an den Füßen, genau wie im königlichen Palast», sagte Jeanne mit verträumtem Blick.

Flora kannte ihre Mutter. Wenn sie sich einmal etwas in den Kopf gesetzt hatte, konnte sie niemand mehr davon abbringen. Von der Einrichtung dieser Kuppel erst recht nicht.

Blieb allein die Frage, wer sie bauen und im Erdreich hinter ihrem Geburtshaus, das sogar den Krieg überstanden hatte, verankern sollte. Bei denen von nebenan hatte das der Sohn übernommen, der gelernter Maurer war, nach der Schicht und natürlich schwarz. Aber Jeanne hatte keinen Sohn, und ihr Mann war im ersten Jahr des Krieges gestorben. Nicht auf dem Feld der Ehre, sondern in seinem Bett an einem Herzinfarkt.

Mit unerschöpflichem Einsatz machte sie sich auf die

Suche nach einem vertrauenswürdigen Mann mit Händen, die zupacken konnten. Flora war sich sicher, daß das Haus bis zum Sommer seinen gläsernen Anwuchs haben würde.

Eines Abends im März kam sie von der Arbeit nach Hause und sah ihre Mutter mit einem Mann am Tisch sitzen. Im gelben Schein des Lichts steckten sie die Köpfe zusammen. Einen Moment lang glaubte Flora, es wäre ihr Vater, und ein kleiner Schauder lief ihr über den Rücken. Sie hängte ihre Winterjacke an die Garderobe und schlüpfte in ihre Hausschuhe. Einen kurzen Moment zögerte sie, die Türklinke in der Hand, bevor sie das Zimmer betrat.

«Mon wird die Kuppel bauen», sagte ihre Mutter ohne Umschweife, und damit war der magische Augenblick wie weggefegt. Flora dachte jedoch später noch oft daran, daß sie Mon für ihren Vater gehalten hatte, als sie ihn verschwommen durch die Gardine vor dem Türglas zum ersten Mal gesehen hatte. Er hatte einen Mangel verkörpert, den sie vorher nicht gespürt hatte.

Alt war er nicht, aber auch nicht mehr so ganz jung. Irgendwo zwischen ihrer Mutter und ihr selbst. Er war der Cousin eines Kumpels von dem Sohn von nebenan. Oder so ähnlich. Flora nahm sich vor, sich sowenig wie möglich mit dem Umbau zu befassen. Ihre Arbeit auf dem Postamt war zwar langweilig, aber auch anstrengend, und wenn sie ihren Teil des Haushalts erledigt hatte, lag sie am liebsten auf dem Bett. Im Halbschlaf gab sie sich ihren Sorgen und Wehwehchen hin, die Hände schützend über ihre Landkarte gelegt.

Mon vereinbarte mit Jeanne, daß er, sofern das Wetter mitspielte, vorläufig immer Mittwoch abends und Samstag mittags kommen würde. Wenn das Glas montiert werden müßte und es hart auf hart käme, würde er noch zwei Arbeitskollegen mitbringen.

«Aber bis dahin haben schon längst die Bäume ausgeschlagen, und die Kälber und Fohlen stehen schon auf der Weide», hatte er gesagt. Flora war gerührt, denn die anderen Männer, die sie kannte – ihre Onkel, Kollegen oder Nachbarn –, übersetzten ihre Frühlingsgefühle nicht in Bilder der Blüte und des jungen Lebens, sondern sprachen von «weniger grau» oder hofften auf ein Ende ihrer röchelnden Hustenanfälle und weniger steife Knie.

Am ersten Mittwoch, an dem sie Mon erwarteten, aßen sie etwas früher zu Abend.

«Dann kann er seine Pläne und Materialien auf dem Küchentisch ausbreiten», sagte Jeanne, als wäre er ein diplomierter Architekt und kein Handwerker, der sich nach der Schicht ein bißchen dazuverdiente. Sie kratzte den Rest Kartoffeln und Rotkohl in einer Pfanne zusammen – für den nächsten Tag.

Im selben Augenblick hörte Flora, wie etwas an der Außenwand entlangschabte. Als sie die Hintertür öffnete, sah sie Mon mit schwarzen, ledernen Handschuhen von seinem schweren Herrenrad steigen.

«Es ist kalt, Kindchen, laß uns schnell hineingehen», sagte er. Sein Atem bildete kleine weiße Wolken, die auf sie zukamen. Das «Kindchen» blieb wie eine Nebelbank über ihrem Gesicht hängen, während sie auf ihrem Bett lag, um das Essen zu verdauen. Sie hörte unten die Stimmen von ihrer Mutter und Mon und schrak erst wieder aus dem Halbschlaf auf, als er unten loshämmerte.

Der Winter neigte sich dem Ende zu, als Flora merkte, daß sie Mon zu vermissen begann, wenn er nicht da war. Das war ein ganz neues, aufregendes Gefühl, das sich dort lokalisieren ließ, wo sich auf ihrem Bauch der Wendekreis des Krebses befand. In ihrem recht überschaubaren Leben hatte sie, soweit es ihr bewußt war, noch nie zuvor jemanden vermißt. Die Sache mit ihrem Vater war etwas anderes: In den ersten Monaten nach seinem Tod hatte sie sich so sehr gewünscht und sogar dafür gebetet, daß sie eines Abends nach Hause käme, und er säße einfach in der Küche, auf dem Platz, auf dem er immer gesessen hatte. Doch mit der Zeit hatte sie sich an die neue Konstellation gewöhnt: Sie und ihre Mutter umkreisten einander wie Planeten in ihren festen Umlaufbahnen, getrennt voneinander und doch unzertrennlich miteinander verbunden, vierundzwanzig Stunden, Tag und Nacht.

Erst glaubte Flora, der nagende Biber in ihrem Körper sei der Vorbote einer neuen Krankheit. Wie aus heiterem Himmel befielen sie Fieberschübe, wenn sie sah, wie Mon mit seinen Brettern zugange war oder wie er den flachen Bleistift hinter seinem Ohr hervorholte, um sich auf dem Rand einer alten Zeitung etwas zu notieren. Heimlich verfolgte sie jede seiner Bewegungen. Ein einziges Mal hatte sie ihm eine Tasse Kaffee angeboten und dabei die trockene Wärme seiner Hand auf ihrer gespürt. Die Stelle, wo er sie berührt hatte, glühte wie eine Brandwunde nach, die ganze Nacht hindurch.

Die Kuppel richtete sich auf wie ein Brot im Ofen, jedesmal ein Stückchen weiter. Mon verrichtete seine Arbeit mit großer Hingabe und wenigen Worten. Er stieg von seinem Rad, machte weiter, wo er das letzte Mal aufgehört hatte, und fiel dabei niemandem zur Last. Wenn gerade nicht Mittwoch oder Samstag war, malte Jeanne sich alles genau aus, die Sitzgelegenheiten, den Teppich, die kleinen Beistelltische, den Stehaschenbecher und die Pflanzen, die unter der Glasglocke einen Platz bekommen sollten. Als schließlich das Glas geliefert werden sollte, hatte sie Mon längst zu einer Art Halbgott erhoben.

«So einen ehrlichen, tüchtigen Arbeiter habe ich noch nie gesehen», sagte Jeanne eines Sonntags zu ihren Schwestern, «schade, daß er schon so alt ist, sonst könnte Flora sich vielleicht noch um ihn bemühen.»

Flora wurde rot bis über beide Ohren. Nie zuvor hatte ihre Mutter etwas über Männer gesagt, um die man sich bemühen mußte. Und waren es denn nicht die Männer, die den ersten Schritt machten, und die Frauen brauchten bloß abzuwarten? Sie war ohnehin stets davon ausgegangen, daß sie immer zu Hause wohnen bleiben würde. Verkündete Jeanne nicht schon seit Jahren jedem, der es hören wollte, wie schwer Flora mit ihrem Bauch an den Mann zu bringen sei?

«Angeblich lebt er ja in Scheidung», bemerkte Tante Marcella.

«Das kann nicht sein!» fuhr Jeanne entrüstet auf. «So ein freundlicher Mann!»

Unter den Tanten entbrannte eine heftige Diskussion über Mons vermeintlichen Familienstand. Onkel Basil, der ihn ein paarmal gesehen hatte, meinte, es müsse auf alle Fälle eine Frau im Spiel sein, denn er mache so einen gepflegten Eindruck. Flora wollte von all dem nichts hören. Sie fühlte sich plötzlich unwohl und lief in den Garten hinaus, wo sie die frische Frühjahrsluft mehrmals tief einatmete. Wenn ihre Träume auch noch keine festen Formen angenommen hatten – eine andere Frau in Mons Leben, das war eine unerträgliche Vorstellung.

Sie nahm sich vor, beim nächsten Mal das Gespräch ganz nebenbei auf seine familiäre Situation zu lenken, zumindest, wenn Jeanne nicht daneben stünde. Sonst wäre es zu offensichtlich. Aber als Mon am Samstag schweigend seine Gerätschaften für einen seiner letzten Arbeitstage auspackte, schluckte sie ihre sorgfältig einstudierten Sätze wieder herunter. Statt dessen machte sie eine Bemerkung darüber, wie schön das Wetter für diese Jahreszeit sei.

«Ja, das stimmt», bestätigte Mon.

Hatte er sie für den Bruchteil einer Sekunde zu lange angeschaut, oder bildete sie sich das nur ein?

Kurz nach der Mittagsstunde, als die Sonne auf dem höchsten Punkt stand, stellte Flora einen Küchenstuhl unter den Birnbaum und legte sich einige Näharbeiten zurecht, die sie erledigen wollte. In Wirklichkeit aber saß sie eine Stunde lang da und spähte heimlich zu Mons Kopf hinüber, der immer wieder über dem niedrigen Mäuerchen zum Vorschein kam, um gleich wieder zu verschwinden. Das Kratzen seiner Maurerkelle auf den rauhen Backsteinen ließ ihre Bauchdecke leicht zittern. Jetzt war sie sich sicher, daß ihr keine Krankheit in den Gliedern saß. Sie hatte den starken Verdacht, daß Mon sogar wußte, daß sie ihn beobachtete. Und daß er gar nichts dagegen hatte.

 Dann war die Kuppel fertig. Flora, Jeanne und Mon standen mit einem ungewohnten Gefühl in der Mitte des leeren gläsernen Monuments, doch keiner der drei fand die Worte, die zu solch einem feierlichen Augenblick gepaßt hätten. Jeanne war dennoch geradezu euphorisch. Ihr Luxustraum war Wirklichkeit geworden. Alles war genau so, wie sie es sich vorgestellt hatte: vom ersten Stein bis zum letzten Klümpchen Kitt. Die Tür zum Garten ließ sich öffnen und schließen, als hätte es sie schon immer gegeben. Sogar der Preis war in Ordnung.

Mon hatte einen Zettel dabei, auf dem er seine Arbeitsstunden notiert hatte, und die Zahlenreihen stimmten genau mit dem überein, was Jeanne selbst jeden Mittwoch und Samstag in ihren Kalender eingetragen hatte. In einer braunen Papiertüte hatte er alle Quittungen seiner Ausgaben aufbewahrt.

«Wissen Sie was, Mon», sagte Jeanne, einer Eingebung folgend, «in zwei Wochen, wenn alles eingerichtet und an seinem Platz ist, lade ich die Verwandtschaft ein. Es gibt Törtchen und eine Tasse Kaffee dazu. Kommen Sie doch auch, Sie haben es sich verdient.»

Flora spürte, wie ihr rote Flecken den Hals hinaufkrochen. Die Aussicht, ihn noch einmal wiederzusehen, ließ sie schwach werden. Gleichzeitig hatte sie schon jetzt Angst davor, daß Mon von ihren Tanten und Onkeln einem Kreuzverhör unterzogen würde, ohne daß sie etwas dagegen tun konnte. Sie wollte all die Fragen nicht hören. Und seine Antworten noch viel weniger.

«Gerne, Madame Jeanne, ich werde da sein», hörte sie ihn sagen.

Flora zog ihre Schlußfolgerungen. Wenn er an einem

Sonntagmittag Zeit dafür hatte, alleine zum Kaffee und Schnapstrinken zu kommen, konnte er nicht verheiratet sein. Er war vermutlich einfach nicht unter die Haube gekommen, genau wie sie. Oder war er etwa doch geschieden? Das konnte sie sich nicht vorstellen: Sich scheiden zu lassen war für sie das Schlimmste überhaupt. Der sanftmütige Mon kam ihr keinesfalls wie jemand vor, der geschieden, was Gott verbunden hatte.

Ihr brach der Schweiß aus. Mit einem Taschentuch wischte sie sich über die kaltfeuchte Stirn.

«Ja, ja, Flora, im Sommer werden Sie hier noch viel mehr schwitzen», sagte Mon, «und im Winter bibbern. Ich habe es ja von Anfang an gesagt: So eine Kuppel ist zwischen den Jahreszeiten am besten.»

Flora stand da wie angewurzelt. Er hatte sie mit ihrem Namen angesprochen. Das hatte er noch nie zuvor getan. Am ersten Abend hatte er «Kindchen» gesagt, danach manchmal «Fräulein», wenn sie ihm Kaffee oder ein Glas Bier brachte. Meistens hatte er gar nichts gesagt. Er ging sehr sparsam mit Worten um.

Mit ihren Adleraugen erfaßte Jeanne die Verwirrung ihrer Tochter auf Anhieb und machte kurzen Prozeß damit.

«Wissen Sie was, Mon?» Sie betonte seinen Namen. «Kommen Sie doch einfach morgen mittag gegen zwei kurz vorbei, um Ihr Geld abzuholen. Bis dahin habe ich es in Ruhe von meinem Sparbuch abgehoben, und Sie brauchen nicht zwei Wochen auf Ihr wohlverdientes Geld zu warten. Ich wollte es Ihnen erst am Sonntag bei der Feier in einem Umschlag geben, aber wozu so lange warten?»

Flora war sich sicher, daß sie das mit Absicht tat, ihn genau dann einzuladen, wenn sie selbst auf der Arbeit war. Und es war auch noch gelogen. Von wegen Sparbuch! Ihr Geld lag oben in der untersten Schublade des Toilettenschränkchens, fein säuberlich auf vier weiße Waschlappen verteilt.

«Ich werde da sein, Madame», sagte Mon, «ich bin dann zwar eigentlich auf der Arbeit, aber ich kann die Mittagspause ja auch einmal ausfallen lassen.»

«Wenn es am Sonntag so warm ist wie heute, schmelzen dir am Ende noch deine Törtchen weg und wir gleich mit!» sagte Flora bissig, als er weg war. «Übrigens, ich glaube, in der mittleren Glasplatte ist ein Sprung.»

«Wo?» schrie Jeanne sogleich auf und starrte panisch nach oben. «Wo denn nur?»

Provozierend langsam wandte Flora ihren Blick gen Himmel, kniff die Augen zusammen und suchte die gläsernen Platten ab.

«Ach, ich muß mich wohl getäuscht haben», sagte sie schließlich und zeigte auf einen winzigen grauweißen Fleck. «War vielleicht bloß Spatzendreck.»

Jeanne atmete einmal tief durch und ging hinaus in den Garten. Wenn sie es sich getraut hätte, hätte sie die Türe hinter sich zugeknallt.

Auf dem Postamt war nicht viel los. Flora hatte keinen Kunden an ihrem Schalter, und um einen Anschein von Geschäftigkeit aufrechtzuerhalten, räumte sie ein paar Papiere auf ihrem Bürotisch hin und her. Draußen flimmerte die Hitze, drinnen roch es nach nassen Putzlappen. Sie hörte, wie jemand sein Rad gegen die Wand warf, und setzte sich auf. Sie erstarrte, als es Mon war, der hereinkam, vor allem, als sie sein Gesicht erblickte. Unter seiner sommerlichen Bräune schien alle Farbe aus seinem Gesicht gewichen zu sein.

«Fräulein Flora, Sie müssen sofort mitkommen, es ist etwas mit Ihrer Mutter», sagte er in einem Atemzug.

Auf eine solch unerwartete Situation war Flora nicht vorbereitet. Woher wußte er, daß sie hier arbeitete? Wer sollte sie vertreten, wenn sie mit ihm mitginge? Was war überhaupt mit ihrer Mutter passiert? Ging es um das Geld, den Wintergarten oder um Jeanne selbst?

«Aber ich bin ganz allein, ich kann hier nicht weg.» Hilflos zog sie die Schultern hoch.

«Sie müssen mitkommen», sagte er, «es ist etwas Ernstes. Schließen Sie Ihren Schalter, und hängen Sie ein Schild nach draußen ...»

«Was denn für ein Schild?»

Sie hatte keine Ahnung, was er meinte.

«Was weiß ich! ‹Geschlossen wegen Familienangelegenheiten› oder so etwas. Kommen Sie, geben Sie mir mal ein Blatt Papier, und packen Sie inzwischen das Geld und die Briefmarken weg.»

Langsam wurde Flora der Ernst der Lage bewußt. Sie schob ihm ein weißes Blatt und einen Bleistift hin und fing an, Schränke und Schubladen zu verriegeln.

«Springen Sie auf meinen Gepäckträger», sagte Mon, der bereits auf seinem Fahrrad saß, als sie die Tür zu dem kleinen Postamt abschloß.

Beinahe hätte sie lachen müssen. Sie und springen, mit ihrem vernarbten Bauch, ihren verklebten Eingeweiden! Beim Gehen mußte sie immer ganz vorsichtig einen Fuß vor den anderen setzen, um die nagenden Mausezähnchen in ihrem Inneren nicht zu spüren. Geduldig hielt Mon sein Fahrrad im Gleichgewicht, bis sie endlich aufsaß und sich ihren geblümten Rock sittsam über die Knie gezogen hatte.

 Noch nie war sie einem fremden Mann so nahe gewesen. Sie roch seinen Schweiß. Die Karos auf seinem Arbeitshemd verschwammen vor ihren Augen zu tausend roten Flecken, so als hätte sie zu lange in die Sonne geschaut.

«Halten Sie sich an mir fest, sonst fallen Sie noch runter», rief Mon ihr über die Schulter zu. Sie roch seinen Atem. Kaffee mit Milch.

Bereitwillig schlang sie ihre Arme um seine Taille. Dann erst sah sie, was er auf das Papier geschrieben hatte, das er mit einem Stück braunen Paketklebeband an der Tür befestigt hatte.

«Geschlossen wegen Todesfall» stand da. Das Papier flatterte leicht in der sanften Sommerbrise. Sie klammerte sich an seinen warmen Körper und mußte unsinnigerweise plötzlich denken: ‹Wenn Mutter mich hier so sitzen sähe, würde sie ausflippen!›

Sie erkannte zuerst Tante Marcella, dann die Leute von nebenan, dann den Hausarzt und sogar den Pastor. Und noch ein paar Menschen, die sie nicht kannte. Es sah aus wie ein Stehempfang im Wintergarten, nur die Getränke und Häppchen fehlten. Und Jeanne selbst natürlich. Als Flora hereinkam, teilte sich die Menge vor ihr, wie das Tote Meer vor den Juden, und machte ihr Platz, bis sich kurz darauf in ihrem Rücken die Reihen wieder schlossen. Später würde sie sich an keine Details mehr erinnern können, nur daran, daß alles ein einziges Wogen gewesen war. Sie selbst hatte schwankend inmitten eines menschlichen Strudels gestanden, in dem jeder mit anderen Worten das gleiche sagte.

Daß Jeanne tot war: eine Attacke, ein Blutgerinnsel. Etwas hatte von der einen auf die andere Minute ihr Leben ausgelöscht. Genauso plötzlich wie ein paar Jahre zuvor bei ihrem Mann. Was für eine grausame Härte! Wenn man nur vorher wüßte, welches Schicksal einen erwartet …

«Die Wärme, und daß sie dann noch ganz allein das schwere Sofa herumgeschoben hat, hat es sicher auch nicht besser gemacht», erklärte der Doktor den schluchzenden Tanten später, nachdem man Jeanne in einem dunkelbraunen Sarg hinausgetragen hatte. Flora hatte sich um nichts gekümmert, auch mit dem Bestattungsunternehmer hatte sie kein Wort gewechselt. Nur eines stand für sie fest, nachdem sie im Wohnzimmer mit weichen Knien von ihrer Mutter Abschied genommen hatte: Jeanne würde das Haus nicht über die Vordertür, sondern über den Wintergarten verlassen, ihren Traum aus Glas, von dem sie nun nichts mehr haben würde. Und so geschah es, auch wenn der Durchgang kaum enger hätte sein dürfen.

Tante Marcella ging mit Flora ein paar Schritte durch den Garten, während der Sarg in das längliche schwarze Auto geschoben wurde. Sie wollte ihrer Nichte den Anblick ersparen, machte dann aber selbst auf halbem Wege kehrt und lief zurück.

«Jeanne, ach meine liebe Jeanne!» rief sie in herzzerreißendem Ton ihrer Lieblingsschwester nach.

Flora war plötzlich mutterseelenallein. Sie sah Mon tatenlos beim Birnbaum stehen, die Hände in den Taschen vergraben. Hatte er den ganzen Mittag hier gestanden, während drinnen der Familienrat tagte? Sie ging auf ihn zu, aber beide wußten sie nicht, was sie zueinander sagen sollten. Und noch viel weniger, wohin mit all der Stille.

«Danke, daß Sie mich geholt haben», meinte Flora schließlich leise. «Woher wußten Sie eigentlich, wo ich arbeite?»

«Das weiß ich schon seit dem ersten Abend. Von Ihrer Mutter natürlich.»

Vor ungefähr einem Monat hätte sie einen von Jeannes Waschlappen voll Tausenderscheinen für einen Sommerabend wie diesen gegeben, um zusammen mit Mon flüsternd unter dem Birnbaum zu stehen. Nun standen sie tatsächlich hier, und ihre Mutter war tot. Unpassender ging es kaum.

Tante Marcella kam und sagte, daß Flora etwas Nachtzeug einpacken und mit zu ihr kommen solle.

«Es ist nicht gut, jetzt allein hier im Haus zu sein», sagte sie mit gebrochener Stimme.

Schlagartig wurde Flora erwachsen. Endlich.

«Nein», hörte sie sich selbst sagen. «Ich komme nicht mit. Ich bleibe zu Hause, ich muß mich ja doch daran gewöhnen.»

«Und der Herr hier?»

«Ich gehe», sagte Mon, «zumindest, wenn ich hier nicht mehr gebraucht werde.»

Tante Marcella blieb stehen, bis er mit seinem Fahrrad in der Dämmerung verschwunden war. Danach gab sie Flora einen Kuß und kniff sie kurz in die Schulter.

«Du weißt ja, Kindchen, wenn etwas ist, dann kommst du einfach zu uns. Du bist zu jeder Tages- und Nachtzeit willkommen. Und verriegle die Tür gut. Schließlich bist du jetzt eine alleinstehende Frau.»

Flora drehte den Schlüssel der Tür zum Wintergarten herum und setzte sich auf das schwere Sofa, das da verloren an der Wand stand. Langsam begriff sie, daß sie jetzt eine Waise und ihre Mutter für immer fort war.

Sie ging in die Küche, um sich ein Butterbrot zu schmieren, und fand dabei das Geld für Mon in einem braunen Umschlag in der Besteckschublade. Jeanne war also nicht mehr dazu gekommen, ihm das Geld zu geben. Flora wußte plötzlich, daß er noch am Abend zurückkommen würde. Sie spürte es. Vor allem wünschte sie es sich.

Eine halbe Stunde später tauchte sein Gesicht hinter dem Fensterglas auf. Sie ließ ihn herein, und ohne ein Wort zu sagen, setzten sie sich nebeneinander auf das Sofa. Erst jetzt, ermutigt von der Wärme seines Armes an ihrer Schulter, brach sie in Tränen aus. Ihr ganzer Körper zitterte. Mon legte den Arm um sie und hielt sie, so sanft und so fest er es wagte. Ihr Zittern ging in heftiges Schluchzen über, und als auch das langsam nachließ, schmolz sie geradezu dahin. Sie wehrte seine Hände nicht ab. Der Kummer machte sie offen und empfänglich, und er wußte sie nur zu trösten, indem er dem Ansinnen ihres Körpers Gehör schenkte. Sie ließ ihn gewähren. Wie Feuer glühte sie, und ihr Kopf war wie leergefegt.

Als sie viel später ihre Augen öffnete, von Mons schwerem Körper halb zugedeckt, sah sie, durch das gläserne Dach verzerrt, die Sterne leuchten, an einem Himmel, der schwarz wie Tinte war.

«Eine Landkarte», hörte sie plötzlich wieder die Stimme ihrer Mutter. Aus einem Impuls heraus zog sie ihren geblümten Rock nach unten.

Erst auf Jeannes Beerdigung sah sie ihn wieder. Am Ausgang der Kirche gab er ihr eine trockene Hand.

«Mein herzliches Beileid», sagte er. «Darf ich heute abend kurz vorbeikommen?»

Flora war nach Hause gegangen, als im Gemeindesaal die ersten Schnäpse bestellt wurden. Sie wußte, wie es bei Beerdigungen im Familienkreis zuging: Nach dem Kaffee und den Brötchen mußte der Kummer ertränkt werden oder zumindest betäubt. Außerdem hatte sie keine Lust, sich das zweideutige Gerede der Onkel anzuhören.

«Weißt du noch, Kind, wie deine Mutter immer gesagt hat, dein Bauch sei wie eine Landkarte? Unsere Jeanne, die nahm kein Blatt vor den Mund …»

Flora würde das nicht ertragen.

Zu Hause saß sie stundenlang allein auf dem Sofa im Wintergarten. Sie fühlte sich wie gelähmt und leer. Was sollte sie jetzt tun? Sie hatte keine Mutter mehr, und gleich würde Mon kommen und sein Geld holen. Und dann fing die Zukunft an.

Da saß er also endlich am Küchentisch, der Umschlag lag vor seiner Nase, doch mehr als ein paarmal «Tja» brachte er nicht heraus. Sie holte eine Flasche Bier aus dem Keller.

«Ich muß dir etwas sagen, Flora», sagte er schließlich. «Nach dem, was zwischen uns vorgefallen ist, finde ich, hast du ein Recht darauf, mich besser kennenzulernen. Zumindest, wenn du das selbst auch willst.»

Sie nickte so eifrig, daß sie ihre Nackenwirbel knacken hörte. Natürlich wollte sie ihn besser kennenlernen, auch wenn sie sich wohl nicht ganz an die übliche Reihenfolge hielten.

«Es ist nämlich so», Mon legte die Hände auf den Tisch, die rauhen Handflächen nach oben, «du hast mir von Anfang an gefallen. Doch der Grund, weshalb ich mich nicht stärker um dich bemüht habe, ist der …»

«… daß meine Mutter immer dabei war», ergänzte Flora hoffnungsvoll.

«Ja, aber das war nicht der einzige Grund. Du mußt wissen, daß ich nicht alleine bin …»

Das Getratsche ihrer Tanten schwirrte wie ein Mückenschwarm durch ihren Kopf.

«… sondern eine siebenjährige Tochter habe: Marie-Louise. Aber alle sagen Wiesje. Ihre Mutter ist bei der Geburt gestorben. Also, Flora, wenn du willst, daß das mit uns weitergeht, mußt du dir gut überlegen, ob du bereit bist, mich und noch ein Kind dazu zu nehmen. Wiesje ist allerdings ein braves Mädchen.»

Plötzlich herrschte Totenstille.

‹Ich muß mich sofort ins Bett legen›, dachte Flora, ‹sonst kippe ich gleich um.› Aber sie konnte doch nicht einfach aufstehen und ihn alleine hier sitzen lassen. Ein paarmal atmete sie tief durch, bis sie sich wieder beruhigt hatte. Jetzt, da sie auf sich allein gestellt war, durfte sie sich nicht mehr so gehenlassen.

«Du meine Güte, Mon!» sagte sie kaum hörbar. «Das wußte ich nicht.»

Sie fühlte sich so ohnmächtig, daß sie in Tränen ausbrach. Das ging alles zu schnell: Ihre Mutter war gerade erst unter die Erde gebracht worden, da bekam sie einfach so ein siebenjähriges Kind angeboten, von dem Mann, der sie, wenige Stunden nachdem sie zur Waise geworden war, entjungfert hatte.

«Du kannst natürlich erst einmal in Ruhe darüber nachdenken», sagte Mon freundlich. «Und ich hoffe, ich habe dich nicht verletzt mit dem, was da vor ein paar Tagen zwischen uns vorgefallen ist. Man sagt ja, die Menschen hätten einen besonderen Lebensdrang, wenn gerade jemand gestorben ist. Wegen der menschlichen Arterhaltung.»

«Aber was redest du denn da, Mon?» antwortete Flora erschrocken.

Vielleicht war das ja der richtige Moment, um ihm zu gestehen, daß sie physisch gar nicht imstande war, die menschliche Art zu erhalten. Darüber hatte sie an jenem Abend überhaupt nicht nachgedacht. Sie hatte sich im Rhythmus des Trostes mitführen lassen, den er ihr gegeben hatte, nicht mehr und nicht weniger.

«Und wie schaffst du das alles, als alleinstehender Mann mit einer Tochter?» wollte sie wissen.

«Sie ist von Anfang an bei meinen Eltern aufgewachsen», sagte Mon, «sie glaubt, ihre Großmutter wäre ihre Mutter. Sie nennt sie ‹Moeke›, das kann ja beides sein. Ich wohne übrigens auch bei meinen Eltern. Das ist für alle Beteiligten das beste.»

Das Schwierigste schienen sie hinter sich zu haben. Flora stellte noch ein paar Flaschen Bier auf den Tisch und schenkte sich selbst ein Gläschen Kräuterlikör ein. Und noch eines. Sie hatte sich noch nicht daran gewöhnt, daß Jeanne nicht mehr für sie antwortete und Regie führte. Der Likör entspannte sie und rötete ihre Wangen.

Als Mon ging, gab Flora ihm die Hand und sagte, sie müsse erst einmal eine Nacht darüber schlafen. Sie hätten ja genug Zeit. Bevor er draußen auf sein Rad stieg, nahm er sie noch einmal in die Arme. Sie spürte seinen warmen Atem in ihrem Haar, und sein Bauch berührte ganz flüchtig den ihren. Die Flüsse auf ihrer Landkarte traten augenblicklich über ihre Ufer.

«Ich werde darüber nachdenken», log sie, denn sie wußte schon, was sie antworten würde. Beinahe hätte sie ihn gleich wieder in den Wintergarten gelotst, wo das Sofa sie schon zu erwarten schien. Doch sie hielt sich zurück. Sie hatten genug Zeit.

Im Bett versuchte sie angestrengt, an Jeanne zu denken, um herauszufinden, was ihre Mutter wohl über die Sache denken würde. Doch das einzige Bild, das sie sich vor Augen rufen konnte, war das Mons, der für die menschliche Arterhaltung sorgte. Sie war von sich selbst überrascht.

Das Leben ohne Jeanne fiel Flora weniger schwer, als sie gedacht hätte, denn Mon füllte die Leere. Sie hatten ausgemacht, die Sache mit ihnen beiden noch ein Weilchen für sich zu behalten. Im Dorf würde man schlecht über sie reden: In Zeiten der Trauer soll man andere Dinge im Kopf haben als die Liebe. Sie hatte auch nicht das Bedürfnis, seine Tochter zu treffen, sie wollte Mon vorläufig für sich allein haben, wie auch immer sein bisheriges Leben aussehen mochte.

Schon zweimal war ihre Regel ausgeblieben, als sie zum Doktor ging. Er wollte sie nicht einmal untersuchen.

«Das wird der plötzliche Verlust Ihrer Mutter sein», sagte er, «bei sensiblen Menschen wie Ihnen kann so etwas nach einem schockierenden Erlebnis schon mal passieren. Das gibt sich von selbst wieder, warten wir's noch einen Monat ab. Viel Ruhe, aber auch nicht zuviel allein zu Hause sein und regelmäßig unter die Leute gehen. Ich werde Ihnen ein Mittel zur Stärkung verschreiben.»

«Aber mir ist morgens auch immer so übel», unterbrach

sie ihn. Der grauhaarige Doktor legte die Stirn in tiefe Falten.

«Wenn ich Sie nicht so gut kennen würde, würde ich denken, Sie seien in anderen Umständen», lächelte er, «aber dann hätte ja der Heilige Geist zu Besuch gewesen sein müssen.»

Floras Herz begann angesichts dieser Demütigung heftig zu pochen. Der Heilige Geist! Auch wenn ihre Weiblichkeit verklebt war, war sie doch immer noch eine richtige Frau. Während sie nach den passenden Worten suchte, um ihm mit der verdienten Schärfe zu antworten und dennoch höflich zu bleiben, drang seine Formulierung bis tief in ihren Bauch vor. Instinktiv wurde ihr mit einem Mal klar, was für ein Märchen es war, daß sie keine Kinder bekommen könne.

Sie legte ihr Geld passend auf den Tisch und ging, ohne ein weiteres Wort zu verlieren, aus dem Sprechzimmer. Erhobenen Hauptes und schwanger.

«Warten wir's noch einen Monat ab, ja», sagte sie, als sie schon in der Türöffnung stand. Ein neuartiges, triumphierendes Lächeln huschte über ihr Gesicht. Der Doktor schluckte seinen Scherz über eine unbefleckte Empfängnis, der ihm schon auf den Lippen gelegen hatte, wieder hinunter. Es schien ihm auf einmal unpassend.

Jeden Morgen war es das gleiche Lied. Kaum daß sie aufgestanden war, drehte sich Flora der Magen um. Doch wenn es ihr gelang, ein Butterbrot mit Sirup herunterzubekommen, ging es hinterher besser. Morgens um sieben begann sie schon zu würgen, wenn sie nur an Kaffee dachte, aber um elf Uhr genoß sie die Aufmunterung, die die Putzfrau des Postamts ihnen beiden in duftenden Tassen hinstellte. Sie trug weiterhin ihre Sommerkleider, als der Herbst sich schon längst bemerkbar machte. Die boten ihrem anschwellenden Bauch mehr Raum als die Röcke, die in ihre straff gespannte Haut hineinschnitten.

Sie war sich nicht sicher, wann sie es Mon am besten sagen sollte. Es würde allerlei Organisatorisches, eine Heirat und möglicherweise sogar einen Umzug zur Folge haben. Doch viel länger würde sie nicht mehr damit warten können. Letzten Sonntag hatte sie ihre Tante Marcella sagen hören, ihre Nichte suche nach dem Tod ihrer Mutter Trost in Süßigkeiten und Bonbons. Flora sei nicht gerade abgemagert.

Mon erbleichte, als sie es ihm schließlich erzählte. Noch weißer als die Laken, die draußen auf der Wäscheleine hin- und herwehten, wurde er im Gesicht. Sie saßen nebeneinander auf dem Sofa im Wintergarten.

«Wie ist das möglich? Von dem einen Mal?» Er sagte das eher zu sich selbst als zu ihr.

Flora blickte ihn fragend an. Soweit sie wußte, genügte einmal. Zumindest bei normalen Menschen.

«Mon», sagte sie und deutete vage an sich herunter, «ich bin mehrmals operiert worden, hier, an meinen Organen. Die Ärzte haben mir immer gesagt, ich würde niemals Kinder bekommen können. Warum hätte ich daran zweifeln sollen? Aber gebildete Leute wissen scheinbar auch nicht alles.»

Vorsichtig legte sie ihre Hand auf seinen Oberschenkel. Nach einer langen Pause sagte Mon:

«Langsam glaube ich, daß das mit dem Erhalten der menschlichen Art wirklich stimmt.»

Sie lächelte versonnen vor sich hin, was er als Einladung verstand. Er war schon mit den Knöpfen ihrer Bluse beschäftigt, als sie begriff, daß er von nun an freie Fahrt hatte, daß sie jetzt mit Haut und Haaren ihm gehörte.

«Nein, Mon, jetzt nicht», sagte sie prüde und drückte ihn von sich weg.

So begann die Zurückweisung, noch ehe sich eine Annäherung vollzogen hatte.

Teil II

| Die Grotte

«Nun mach schon, Mon, ich halt's nicht mehr aus!» Floras Stimme drang gedämpft unter den Bettüchern hervor. Es klang bissiger, als es gemeint war, doch ihre Brüste liefen über, während er endlos lang in der Türöffnung stehenblieb und Roza angurrte. Sie war jetzt über drei Monate alt. Bevor Mon morgens auf seine Arbeit ging, brachte er sie zum ersten Stillen ins eheliche Bett.

«Bis heute abend, meine Blumen», sagte er zu den beiden, während er das säuerlich riechende Bündel in die noch warme Mulde seines Kopfkissens legte. Er hatte darauf bestanden, daß das Kind – falls es ein Mädchen würde – den Namen einer Blume erhalten sollte, weil der Name ihrer Mutter alle Blumen in sich vereinte. Flora hatte bisher immer gedacht, ihr Name bezeichne schlichtweg sie selbst.

Am 12. April 1952 war ihre Tochter zur Welt gekommen. Als Floras straffgespannter Globus nach einem aufreibenden Kampf wieder zu einer Landkarte abgeflacht war und Roza in ihrem gläsernen Krankenhausbettchen lag, schien Mon betrunken, bevor die Gläser überhaupt auf den Tisch kamen.

Die nächste werde Margrietje heißen, sagte er zu der Krankenschwester. Dann käme Hortense und danach eine englische Daisy. Seine Frau und er würden einen ganzen Blumengarten zusammenpflanzen, versprach er. Flora war nicht in der Lage zu protestieren. Sie spürte die Schmerzen noch bis in die Haarwurzeln hinein. Nur eines war todsicher: Das wollte sie nie wieder mitmachen. Nie wieder!

Draußen hörte sie, wie das Knattern von Mons Mobilette langsam zu einem Surren verebbte, wie von einem Mückenschwarm, während sich ihre Tochter an ihrer Brustwarze festsaugte. Wenn sie Roza stillte, war sie am liebsten allein. Abends jedoch sah Mon von seinem Sessel aus zu, wie sie ihre schwere weiße Brust freilegte, und manchmal verdunkelten sich seine Vateraugen dann zu Männeraugen. Automatisch spürte sie dann wieder das kalte Metall in ihre Kniebeugen schneiden. Die Anstrengung auf dem Gebärtisch hatte Flora zutiefst erschüttert. Wie sie dort gelegen hatte: den Männern in Weiß auf Gedeih und Verderb ausgeliefert, darauf angewiesen, daß ihre tastenden Hände den Schmerzen Einhalt gebieten würden. Manchmal träumte sie davon und fuhr dann mit vor Scham erhitzten Wangen aus dem Schlaf auf.

Es war alles so schnell gegangen. Tante Marcella war die erste, die sie ins Vertrauen gezogen hatte. Die hatte ausgerufen, daß sie das nicht glauben könne, daß es schlichtweg unmöglich sei. Bis Flora mit demselben raschen Handgriff wie Jeanne früher das Gummi ihres Rockes herabgezogen hatte. Eine Woche und zwei Migräneanfälle später wußte es die gesamte Verwandtschaft, und die Vorbereitungen für die Hochzeitsfeier hatten begonnen.

Die war schlicht, aber doch festlich ausgefallen. Flora hatte ein dunkelblaues Kostüm getragen, das ihren anschwellenden Bauch kaschierte, während Mon seinen Hochzeitsanzug vom letzten Mal aus dem Mottenschrank geholt hatte. Wiesje war Brautjungfer und trug ein umgenähtes Satinunterkleid von einer der Tanten. Diese reizende Rolle hatte sie nur unter einer Bedingung spielen wollen: daß sie nach den Königinnenhäppchen, den Kroketten und der Eiscreme wieder mit Moeke und Vader nach Hause durfte. Sie hatte nichts dagegen, daß ihr Vater wieder heiratete. Sie fand es auch in Ordnung, daß sie genau wie Aschenputtel eine Stiefmutter bekam und bald auch ein Halbschwesterchen oder einen kleinen Halbbruder. Ansonsten sollte alles beim alten bleiben. Auf keinen Fall würde sie das Bauernhaus mit dem großen, schattigen Garten verlassen, wo sie ihre eigene, abgegrenzte Welt hatte, die in übersichtliche Bereiche eingeteilt war. Allerdings würde sie ihren Vater und ihre neue Mutter regelmäßig besuchen, und wer weiß, vielleicht würde sie im Laufe der Jahre ihre Meinung noch ändern.

Mon zog mit in das Haus, in dem Flora aufgewachsen war und dessen gläsernen Anbau er eigenhändig gefertigt hatte. Der Wintergarten wurde ganz in Jeannes Geiste eingerichtet, die ihm ihre letzten Kräfte geopfert und dort ihren letzten Atemzug getan hatte. Er würde für alle Zeiten ihr Monument bleiben, mit Aussicht auf die Sterne.

Die Verwandtschaft wurde sich schließlich einig, daß Mon ein Geschenk des Himmels sei. Was konnte sich eine Frau wie Flora Besseres wünschen als einen Mann, der zwei Hände hatte, die zupacken konnten? In allen Tonarten wiederholten die Tanten das auf der Feier, und die Onkel fügten noch hinzu, er habe glücklicherweise noch etwas mehr als diese beiden Hände. Es war das alte Lied: Floras Bauch war wieder eine echte Familienattraktion.

Abends lag sie mit Mon im Bett ihrer Eltern. Es war das erste Mal seit jenem Abend, als ihre Mutter gestorben war, daß sie ihn so nah bei sich spürte, so warm und nackt. Diesmal mußte keine unerträgliche Leere gefüllt werden, und zur Erhaltung der menschlichen Art hatten sie ja auch schon ihren Teil beigetragen. Das Essen lag Flora schwer im Magen, und darunter bewegte sich das Kind. In ihrer Vorstellung trug es einen Pastetendeckel auf dem Kopf, eine Franzosenmütze aus Blätterteig.

«Mon ...», begann sie vorsichtig.

«Schon gut», sagte Mon, «ich werde ganz vorsichtig sein.»

Zärtlich legte er seine Hand auf ihre Landkarte. Die Flüsse traten nicht über ihre Ufer, und sogar um den Äquator herum blieb es kühl. Flora gab dennoch nach, schließlich war sie jetzt eine verheiratete Frau. Erleichtert zog sie unter ihrem Nachthemd die Knie an sich, als Mon endlich mit offenem Mund neben ihr schnarchte. So sollte es noch Jahre gehen: Sie ließ ihn gewähren, weil es ihre Pflicht war. Als sie genug davon hatte, schaltete sie ihren alten Arzt ein. Der erklärte Mon mit gesenktem Blick, die Schmerzen von früher seien zurückgekehrt. Im Quadrat. Er müsse von seiner Frau ablassen. Und Mon ließ von seiner Frau ab, bis er kurz davor stand zu platzen.

«Röschen, Röschen, Apriköschen», sang Flora frivol vor sich hin, während sie ihrer Tochter eine Windel umband und ein Pumphöschen mit weißen und grünen Schwänchen darüberzog. Sie legte sie in den geräumigen Kinderwagen und räumte die Küche auf. Sie würde Roza in den Garten stellen, während die vollgepinkelten Tücher im Zinkeimer auf dem Gasherd kochten. Nach der Mittagsfütterung konnte sie einmal mit dem Kinderwagen bei Tante Marcella vorbeischauen, dann war sie wieder zu Hause, wenn Mon von der Arbeit kam.

‹Glück› ist so ein großes romantisches Wort. Flora hätte es selbst nie in den Mund genommen, aber das Leben, das sie inzwischen führte, schmeckte doch danach. Mon verdiente den Unterhalt, ihren Platz auf dem Postamt hatte ein junges Mädchen eingenommen, und sie hatte eine Tochter. Der alte Doktor, der bei der Kinderfürsorge über die Gesundheit aller Säuglinge im ganzen Dorf wachte, sagte jedesmal, welch ein Wunder es sei, daß sie – in ihrem Zustand – einem Kind das Leben hatte schenken können.

Roza war ein Wunderkind. Sie weinte nie, selbst dann nicht, wenn die Brüste ihrer Mutter vor Milch überliefen und sie zweifelsohne Hunger haben mußte. Auf der Säuglingsberatungsstelle erschrak Flora jedesmal über all die kreischenden Kinder, die verzerrten kleinen Gesichter, die empörten Krokodilstränen. Roza spuckte und schmatzte, aber sonst gab sie kaum ein Geräusch von sich. Sie hatte dicke Beinchen und Ärmchen, auf denen Floras Finger erst rosafarbene, dann weiße Abdrücke hinterließen. Ihr runder Kopf saß direkt auf ihrem massigen kleinen Körper, der Hals war kaum mehr als eine Falte. Ihre Augenbrauen waren über der Nase zusammengewachsen, eine dünne haarige Raupe. Das gab ihrem Blick etwas Bedrohliches und vor allem wenig Kindliches.

«Ein rundum gesunder Brocken», waren sich die Tanten untereinander einig. In den Nachkriegsjahren, in denen Wohlstand in Kilogramm Menschenfleisch ausgedrückt wurde, konnte sich eine Mutter kein größeres Kompliment wünschen.

Mons Mutter war die erste, die während des Weihnachtsbesuchs anmerkte, daß das Kind so wenig lebhaft sei. Roza war ungefähr acht Monate alt und lag wie eine zu vollgestopfte Lappenpuppe auf dem Küchentisch, während Flora ihre Windeln wechselte.

«Als Wiesje so alt war, mußte ich mich ganz schön ins Zeug legen, um sie morgens anziehen zu können», sagte Moeke. «Manchmal mußten Vader und ich sie gemeinsam bändigen, so zappelig war sie.»

Flora war beleidigt. Wer ihre Tochter kritisierte, kritisierte sie.

«Das ist alles eine Frage der Erziehung», sagte sie in eingeschnapptem Tonfall.

«Unsere Roza ist nun einmal ein unkompliziertes Kind. Und jetzt ist sie müde und kommt ins Bett.»

Sie legte ihre Tochter in den Kinderwagen und stopfte die Decken fest.

«Du hast versprochen, daß ich sie noch einmal kurz halten darf», protestierte Wiesje.

«Nun denn», fuhr Moeke unbeirrbar fort, «das Kind könnte ruhig auch einmal etwas anderes zu sehen bekommen als immer nur die Wände ihres Kinderwagens oder die Küchendecke. Du mußt ihr das Sitzen beibringen und sie ab und zu ein bißchen umherschauen lassen. Wiesjes Laufstall steht bei uns noch auf dem Dachboden. Den werden wir gelegentlich vorbeibringen, dann kann Rozalein sich mal ein bißchen was von der Welt angucken.»

Flora schossen die Tränen in die Augen.

«Sitzen, wieso sitzen? Sie hat noch ihr ganzes Leben lang Zeit zum Sitzen. Heutzutage werden sie schnell genug erwachsen!» Ihre Stimme überschlug sich.

«Laß nur», beschwichtigte Mon, «das wird sich schon alles von selbst regeln. Kein Kind ist wie das andere, und Wiesje war nun einmal ein Springinsfeld.»

«Ich war 'ne ganz Wilde, stimmt's, Papa?» sagte Wiesje in einschmeichelndem Tonfall. Sie krabbelte ihrem Vater auf den Schoß und streichelte ihm über die Wange. Es gab ein kratzendes Geräusch. «Wie Schmirgelpapier», sagte sie und gab ihm ein paar kindliche Küsse. Die Eifersucht versetzte Flora einen Stich in den Bauch, dort, wo ihre Narben waren und wo sie es immer spürte, wenn ein Sturzregen im Anzug war. Sie schob einen Küchenstuhl neben den Kinderwagen, legte ihre Hand auf die Stange und schaukelte den Wagen wie ein kleines Boot auf den Wellen. Sie wiegte ihn noch immer, als ihre Tochter schon lange schlief.

Eines Abends, als Roza zwei Jahre alt war und der Sommer sich schon wieder ankündigte, stand Flora auf ihrem Wachposten in der Türöffnung zum Wintergarten.

«Sie kann es, Mon, sie kann es!» rief sie aufgeregt, noch bevor er von seinem Moped abgestiegen war. Sie griff nach seiner Hand und zog ihn ins Haus. Mon lief ein Schauer über den Rücken. Weil seine Tochter sitzen konnte und weil seine Frau ihn berührt hatte.

Roza lag flach auf dem Rücken in ihrem hölzernen Laufstall, die silberne Rassel von Tante Marcella fest in ihr molliges Händchen geklemmt. Sie gab meckernde Geräusche von sich, als Flora sie hochhob. Ihr Mund bewegte sich, doch ansonsten war ihr ernstes kleines Gesicht wie gefroren.

«Und jetzt zeigen wir Papa mal, was wir heute gelernt haben», sagte Flora mit einer gehörigen Portion Vorfreude im Gesicht. Sie legte das Kind behutsam auf der Wachsdecke des Küchentischs ab und bugsierte dann den ungelenken kleinen Körper vorsichtig in Sitzposition. Sie drückte Roza noch einmal fest auf die Tischoberfläche, so daß sie gut verankert war, und ließ dann behutsam die kleinen Oberarme los. Ganz kurz wankte sie, aber sie kippte nicht um. Fest wie ein Fels in der Brandung saß sie auf der Tischplatte. Um den Mund hingen ihr Speichelfäden.

Übermütig tat Flora einen Schritt zurück und schlang den Arm um Mons Hüfte. Er merkte, daß sie Tränen in den Augen hatte. Mit seinem ganzen Körper verlangte er danach, sie zu trösten, so hart und so sanft es ihm möglich wäre. Aber er sah, daß seine Tochter langsam zu kentern drohte. Nachdem sein Vaterinstinkt ihn mit einem einzigen Schritt zum Tisch hatte treten lassen, war der magische Moment vorbei.

Er stellte sich auch abends nicht wieder ein, als Roza in ihrem von Mon selbstgeschreinerten Bettchen lag. Selbst dann nicht, als er – zur Feier des Tages – Flora einen Kräuterschnaps und sich selbst einen klaren Genever einschenkte. Doch immerhin machte es Flora gesprächig.

«Ich hatte mir doch ein bißchen Sorgen gemacht», vertraute sie ihm an. «Alle anderen Kinder in ihrem Alter können schon laufen und sprechen. Aber wenn ich nachfrage, sagt der Doktor immer, daß sie einfach ein wenig hintendran ist. Weißt du, was die vom Schuhgeschäft mit ihren sechs Kindern kürzlich gesagt hat? ‹Wenn er mal nur nicht ‚zurückgeblieben‘ meint statt ‚hintendran‘.› Das muß die gerade sagen!»

«Aber ist dir denn noch nie der Gedanke gekommen, daß …», wandte Mon vorsichtig ein.

Sie ignorierte seine Bemerkung, so wie sie alles verdrängte, was mit Roza nicht stimmte.

«Eines weiß ich sicher», sagte Flora in scharfem Ton, «wenn unsere Roza sitzen lernen kann, dann wird sie eines Tages ja wohl auch stehen können. Und sprechen und laufen …»

«… und springen», sagte Mon mit dem Mut der Verzweiflung. «Und wenn sie das alles erst einmal kann, bekommt sie von mir ein Fahrrad.»

«Komm», sagte er, als die Stille unangenehm zu werden drohte, «laß uns noch ein paar Schritte durch den Garten tun. Man kann schon wieder spüren, daß es Sommer wird.»

Zu seinem Erstaunen stand Flora tatsächlich auf und folgte ihm durch den Wintergarten nach draußen.

«Freut mich, daß du heute so zufrieden bist. Wir sollten mal wieder früh ins Bett gehen», sagte er, als sie eine Runde um den Birnbaum drehten. Sie verstand nicht sofort den Zusammenhang zwischen dem einen und dem anderen.

«Männer», dachte sie abfällig, als sie eine Viertelstunde später neben ihm lag. Sie gab wieder einmal nach. Und das tat sie noch viele Male, immer wenn ihre Tochter in ihrer Entwicklung einen neuen Meilenstein erreicht hatte. Um es zu feiern.

Im Sommer darauf brachte Wiesje ihrer Halbschwester während eines sonntäglichen Besuches bei, wie man laut lacht. Sie legte die Spitze ihres Fingers in die kleine Kuhle unter

Rozas mopsiger Nase, wie auf den Knopf einer Türklingel. Anstatt jedoch zu klingeln, glitt sie langsam den kleinen Spalt hinab und trällerte dazu ansteckend «Killekillekille ...». Wenn sie unten angekommen war, öffnete sich Rozas nasser Mund zu einem Lachen. Manchmal klang es brummend, manchmal wiehernd wie bei einem Fohlen.

«Ich glaube, da liegen deine Lachmuskeln», sagte Wiesje naseweis. Sie probierte es auch bei Floras flaumigem Grübchen und der kratzigen Oberlippe ihres Vaters aus. Es funktionierte bei allen.

Wenn Roza schallend lachte, huschte eine lebhafte Regung über ihr grobes Gesichtchen, was Flora durchaus nicht entging. Einer Eingebung folgend, sagte sie zu Mon:

«Vielleicht kann Wiesje in den großen Ferien ja einmal bei uns übernachten. Sie kann so gut mit Roza umgehen, und Moeke und Vader haben dann ein wenig ihre Ruhe. Sie werden schließlich auch langsam älter.»

Sie saßen im Garten auf einer Holzbank, die Mon nach dem Vorbild einer Parkbank gefertigt hatte. Die Tanten hatten recht behalten: Er war ein Mann, der zupacken konnte.

«Ich werde mir bei Tante Marcella eine Matratze leihen, dann kann Wiesje auf dem Boden im Vorzimmer schlafen. Kindern gefällt so etwas», sagte Flora.

«Was hältst du davon, wenn du in den Ferien einmal zu uns kommst und dich auch ein bißchen um Roza kümmerst?» rief sie, als sie Wiesje kommen sah. Dann erst merkte sie, daß ein neues Wunder geschehen war: An der Hand von Mons staksiger zehnjähriger Tochter stapfte ein kleiner Koloß. Roza hatte an einem einzigen Tag lachen und laufen gelernt.

«Fang schon mal an, auf ein Fahrrad zu sparen, Mon», prustete Flora los. Auch er mußte sich die Augen trockenreiben.

«Du meine Güte, du meine Güte», sagte er. «Wiesje, ich glaube, du hast nicht nur Rozas Lachmuskeln gefunden.»

Wiesje strahlte, sogar ihre Sommersprossen schienen zu leuchten.

«Ich hab ihr das Laufen beigebracht, stimmt's, Mama?» rief sie aufgeregt.

Mama! Sie hatte «Mama» gesagt. Bisher hatte sie die direkte Anrede stets vermieden, höchstens mal «Tante» gesagt.

Drei Meilensteine an einem Tag. «Das wird mir ein Fest geben heute nacht», dachte Flora.

Sie konnte ein Gefühl des Triumphes nicht ganz verbergen, als sie eine Woche später mit Roza an der Hand bei dem alten Doktor eintrat. Ihre Tochter konnte jetzt mehr oder weniger alles, was andere Kinder ihres Alters auch konnten. Darüber hinaus hatte sie eine Speckschicht, auf die eine Menge Mütter neidisch sein konnten.

«Sehen Sie mal, was für ein gesunder Wonneproppen Roza ist. Sie kann schon fast genausoviel essen wie ihr Vater», sagte Flora, als das Kind im Unterhöschen auf dem Untersuchungstisch saß. Roza brummte, als sie das Wort «essen» hörte, und ihre Lippen wurden feucht. Während das kalte Stethoskop über ihren Rücken wanderte, gab sie keinen Laut von sich, und daß der Doktor mit einem Hämmerchen auf ihre Knie schlug, merkte sie kaum. Ihr Blick blieb fest auf die kahl werdende Stelle direkt vor ihrem Gesicht gerichtet.

«Spielt sie?» erkundigte er sich. «Baut sie Türme aus Bauklötzen, kümmert sie sich um ihre Puppe?»

Flora blickte ihn abschätzig an. Was war das bloß für eine Frage?

«Bauklötze hat sie nicht, das ist doch eher was für Jungen, finde ich», antwortete sie.

«Macht sie noch in die Hose?»

«Ach», wich sie seiner Frage aus, «wenn ich sie rechtzeitig aufs WC setze, geht es mitunter gut. Aber morgens ist ihr Bett meist naß.»

Sie holte tief Luft.

«Manche Leute sagen, unsere Roza sei ‹zurückgeblieben›, Doktor, aber das stimmt doch nicht, oder?»

Das große Wort war ausgesprochen.

Der Doktor brachte es nicht übers Herz, ihr ohne Umschweife zu sagen, daß es vielleicht doch stimmte. Er hatte Flora aufwachsen sehen, hatte sie wegen ihrer verklebten Weiblichkeit zum Spezialisten geschickt, und war auch Zeuge des Wunders gewesen, das sich so unerwartet in ihrem Körper vollzogen hatte.

Und er wußte, daß dieses Kind genauso an seiner Mutter hing wie sie an ihm, daß die beiden nur füreinander lebten. Er hob Roza vom Tisch und stellte sie auf den Boden. Sie blieb auf dem Fleck wie angewurzelt stehen. Während Flora sie wieder anzog, suchte er vorsichtig nach den richtigen Worten.

«Schauen Sie, Flora, ich will ehrlich zu Ihnen sein», sagte er schließlich behutsam, als sie ihm gegenübersaß, die Arme um ihre Tochter geschlungen. «Zurückgeblieben ist Roza nicht. Aber sie ist auch nicht ganz genauso wie andere Kinder. Sie ist ein wenig langsam in ihrer Entwicklung. Es hat lange gedauert, bis sie sitzen, laufen, sich verständlich machen konnte, das wissen Sie selbst. Aber mit ein wenig Geduld –

und ich weiß, daß Sie die haben – wird sie ihren Weg schon finden. Professor oder Anwalt wird sie wohl nie werden, das nicht, aber ein Mädchen braucht das ja auch nicht. Wenn sie lernt, den Haushalt zu führen, ein wenig kochen kann, ein wenig putzen …»

Bei jedem seiner Sätze stiegen Flora Tränen in die Augen. Dann versiegten sie wieder.

«Aber das kann sie jetzt schon, Doktor», sagte sie, «sie läuft den ganzen Tag mit einem Staublappen hinter mir her, und Mon hat einen kleinen Besen passend für ihre Größe angefertigt. Unsere Roza wird später eine gute Hausfrau, und das ist für unsereins mehr als genug.»

Flora vergrub ihr Gesicht in Rozas stumpfem Haar. Nun liefen ihr die Tränen über die Wangen.

«Wenn ich Ihnen einen guten Rat geben darf», sagte der Doktor, froh darüber, doch noch die richtigen Worte gefunden zu haben. «Ich würde Roza an Ihrer Stelle nach den großen Ferien in die Schule im Dorf bringen. Dann kann sie mit den anderen Kindern in der Krippe spielen und ein wenig Abstand zu Ihnen bekommen.»

«Und wozu soll so etwas gut sein, Abstand bekommen? Ich sorge doch gut für sie. Und nach ihrem Vater ist sie geradezu verrückt.» Ihr Tonfall war messerscharf.

«Aber natürlich sorgen Sie gut für sie, Flora. Sie sind eine ganz hervorragende Mutter. Aber für ein Kind ihres Alters ist es gut, wenn es seine eigene kleine Welt hat, eine Kinderwelt in seinem Maßstab. An Ihrer Stelle würde ich einmal mit den Nonnen reden.»

Mon erzählte sie abends, der Doktor sei sehr zufrieden gewesen mit Rozas Fortschritten. «Sie ist zwar ein wenig langsam, aber seiner Meinung nach reif für die Schule.» Nichts anderes hatte er schließlich gesagt.

«Dann müssen wir demnächst einmal mit der Mutter Oberin darüber reden», antwortete Mon. «Und vielleicht kann Wiesje ihr in den Ferien noch etwas beibringen. Nicht mehr in die Hose zu machen, zum Beispiel. Sonst werden sich die Nonnen bedanken.»

Mon hatte auf der Arbeit ein dreirädriges Lastenrad ausgeliehen, mit dem sie am letzten Junitag alle zusammen zu der kleinen Dorfschule fuhren. Mon brach der Schweiß aus, während er, mit Sicht auf die Rücken seiner beiden Frauen, in die Pedale trat.

«Aber natürlich ist ein so liebes Kind in unserer Vorschulklasse willkommen», sagte die Mutter Oberin ohne zu zögern, als sie Roza erblickte.

Flora fiel ein Stein vom Herzen. Die Kinder auf dem Spielplatz waren allesamt mindestens einen Kopf kleiner und halb so breit wie ihre Tochter. Roza setzte sich aus eigenem Antrieb auf ein Kinderstühlchen, während ihre Eltern die Formalitäten erledigten. Das war es, was der Doktor mit «eine Welt im Kinderformat» gemeint haben mußte, dachte Flora. Was die Schwester noch sagte, drang nicht bis zu ihr durch. Alle Versprechungen über einen Sandkasten, das Flechten von Decken und Liedersingen gingen bei ihr zum einen Ohr hinein und zum andern wieder hinaus. Die Mutter Oberin ging vor Roza in die Hocke und redete ihr freundlich zu. Als sie wieder aufstand, von rauschenden Röcken umhüllt, mußte Mon an einen Zeppelin denken.

«Der liebe Herrgott hat seine Kinder in allen Formen und

Arten geschaffen», sagte sie. «Und die kleine Roza wird sich hier schon zurechtfinden. Wir erwarten sie dann zum ersten September.»

Sie kitzelte Roza kurz unter ihrem Doppelkinn und berührte dabei wahrscheinlich einen Ausläufer ihrer Lachmuskeln. Ein breites Grinsen trat auf das Gesicht des Kindes.

Auf dem Rückweg holte Mon ein altes Fahrrad bei Onkel Basil ab. Er würde es wiederherrichten und in Schuß bringen. Die Schule lag nur drei oder vier Straßen weiter, doch in Rozas Tempo würden sie dafür wahrscheinlich mehr als eine Viertelstunde brauchen. Deshalb hatte Flora einen mutigen Entschluß gefaßt: Sie würde diesen Sommer Fahrradfahren lernen.

Zusätzlich zu dem Rad wurde bei Tante Marcella noch eine Matratze aufgeladen. Für Wiesje, die die ganzen Sommerferien bei ihnen verbringen würde.

«Soll ich Rozalein mitnehmen?» schlug Mon vor, als er gerade aufbrechen wollte, um seine älteste Tochter abzuholen. «Das Wetter ist schön, und dann kommt sie auch mal ein bißchen raus!»

Sie gerieten darüber in Streit. Flora hatte noch nie auch nur eine Minute ohne Roza verbracht. Die Vorstellung, ihre Tochter einen ganzen Nachmittag lang missen zu müssen, gefiel ihr gar nicht.

«Das ist doch viel zu gefährlich mit dem Lastenrad, Mon», wandte sie ein. «Wenn sie sich dann zu weit hinauslehnt – nicht auszudenken! Und du hast dann selbst keine Hand frei.»

Mon versuchte, ihren Einwand scherzhaft aufzufassen.

«Nur weil sie bald zur Schule geht, macht sie doch plötzlich keine Akrobatenkunststücke», lachte er. «Sie wird schon genauso sitzen bleiben, wie ich sie hingesetzt habe, wie sonst auch. Gönn dem Kind nur einen kleinen Ausflug und mir mal ein Stündchen mit ihr allein!»

Flora gab nach. Die letzte Bemerkung versetzte ihr jedoch einen Stich, der so tief unter die Haut ging, daß sie ihn noch den ganzen Vormittag spürte. Nachdem sie das Zimmer für Wiesje hergerichtet hatte, lief sie unruhig im Garten umher, bis sie Mon endlich aus der Ferne mit seinem Lastenrad herankommen sah. Roza und Wiesje saßen mit den Rücken gegen einen kleinen Kartonkoffer gelehnt, die Arme umeinandergeschlungen.

«Und, habe ich sie etwa nicht heil zurückgebracht?» fragte Mon. «Du glaubst doch nicht im Ernst, daß ich nicht sorgsam mit meinen Töchtern umgehe. Los, Mädchen, aussteigen, ich muß noch ausladen.»

Als Wiesje aus der Kiste heraussprang, plusterte sich ihr Röckchen auf wie ein Fallschirm, bevor es sich wieder um ihre sonnengebräunten Storchenbeine senkte. Roza blieb starr wie eine Salzsäule stehen, bis jemand sie hochheben und auf dem Gehweg absetzen würde.

«Na los, Roza, ich helfe dir», sagte Wiesje und faßte sie an den molligen Händchen. «Stell die Füße auf den Rand und spring, genau wie ich.»

Roza zögerte keine Sekunde. Sie pflanzte ihre Sandalen auf die kleine Stiege und ließ sich dann ohne Vorwarnung in die Tiefe fallen. Es gab einen dumpfen Knall, und Wiesje wäre beinahe umgefallen, als sie das schwere Kind auffing. Sie fing sich jedoch schnell wieder und drückte Roza eine schwere Einkaufstasche in die Hand.

«Hier», sagte sie, «hilf mal beim Auspacken.»

«Da ist eine Überraschung von Moeke drin», flüsterte sie Mon zu, «sie hat einen Pflaumenkuchen gebacken.»

Flora stellte das Köfferchen auf den Boden neben einen Wäschekorb voll Puppen und Malbüchern.

«Man könnte fast meinen, du ziehst bei uns ein», sagte sie, «so viel, wie du mitgebracht hast.»

«Bestimmt nicht!» Wiesje schüttelte den Kopf. «Am fünfzehnten August gehe ich zurück nach Hause, dann ist Muttertag. Und wenn ich es nicht aushalte, darf ich auch früher zurückkommen, hat Moeke gesagt.»

Aber Wiesje hielt es gut aus. Und Roza erst recht. Eine Schwester, die noch kindlich genug war, um nicht überall Gefahren zu wittern, in der aber schon eine kleine besorgte Mutter steckte: das war genau, was sie brauchte.

Flora sah sich das alles mit gemischten Gefühlen an. Manchmal mußte sie sich auch einen Anflug von Eifersucht verkneifen. Wenn Wiesje beispielsweise aus Kartoffeln, Gemüse und einem Stück Fleisch eine Landschaft auf Rozas Teller machte. Alles, bis auf den letzten Rest, verschwand in Form von Flugzeugen, Schiffen, Tandems und Schubkarren im Mund ihrer Tochter. Während sie selbst sich mit Roza einen täglichen Kampf liefern mußte, damit sie Gemüse oder Fleisch aß, und diesen meist auch noch verlor. Abends kochte sie dann doch wieder einen Teller Brei für Roza, den sie mit einer dicken Schicht braunem Zucker bestreute, oder schob ihr ein Schälchen Pudding zu. Das ging immer flott hinein.

Wiesje hatte so ihre eigenen, konsequenten Methoden, die sie von Mons Mutter übernommen hatte.

«Moeke sagt immer: ‹Wer seinen Teller nicht leer ißt,

braucht auch keinen Nachtisch›», war ihre Erklärung. Oder: «Wer nicht schlafen will, ist morgen viel zu müde zum Spielen.»

An einem regnerischen Mittag, als Roza zum x-ten Mal mit gespreizten Beinen über einer dampfenden Pfütze im Wintergarten stand – glücklicherweise neben dem Teppich –, rastete Wiesje aus. Sie griff ihre Halbschwester fest bei den Schultern und schüttelte sie durch. Roza riß die Augen weit auf und fing an, wie am Spieß zu schreien. Flora, vom Lärm angelockt, konnte sich gerade noch beherrschen. Fast wäre ihre Hand auf Wiesjes Wange gelandet. Doch sie spürte intuitiv, daß hier Geschichte geschrieben wurde, ballte die Hände zu Fäusten und trat einen Schritt zurück. Wiesje wartete, bis Roza aufgehört hatte zu zittern, und sagte dann mit viel Nachdruck, jede Silbe einzeln betonend:

«Große Mädchen, die zur Schule gehen, machen kein Pipi mehr in die Hose. Erst recht kein Kaka. Sonst schmeißt dich die Schwester ohne Pardon raus, und du darfst nicht mehr wiederkommen. Wenn du in deinem Bauch spürst, daß du pinkeln mußt, dann sagst du das, und wir gehen zum Klo.»

Sie hatte ihr Gesicht ganz nahe an das von Roza gebracht. Der Raum dazwischen schien zu vibrieren.

«Hast du das verstanden, Roza?» schrie Wiesje plötzlich.

Flora hielt den Atem an. Dann hob sie ihre ungelenke Tochter aus der Pfütze, um sie zu waschen und ihr frische Sachen anzuziehen.

Wiesje blieb allein im Wintergarten zurück und fühlte sich plötzlich wieder wie ein kleines Mädchen, das einen Schoß sucht, auf den es sich setzen kann. Aber der von Flora war schon besetzt, ihr Vater war bei der Arbeit, und Moeke und Vader waren zwei Dörfer weit entfernt. Zum ersten

 Mal spürte sie jenes Nagen in ihrem Inneren, das Heimweh heißt. Sie lief in den Garten und ließ ihren Tränen freien Lauf.

Nach diesem Ausbruch machte Roza nicht mehr in die Hose.

Mitte August hievte Mon ein weiteres Mal Gepäck und Frauen auf das Lastenrad und strampelte in Richtung seiner Eltern. Die trauten ihren Augen nicht. Wiesje hatte den ganzen Sommer über draußen gespielt, und all ihre Sommersprossen waren ineinander übergegangen: Sie war braun wie eine Ockernuß. Roza schien zehn Zentimeter gewachsen zu sein und hatte eine Menge ihres schwabbeligen Babyspecks verloren. Ihr Haar war länger geworden, und Wiesje hatte ihr über der Stirn eine Spange hineingeschoben. Sie stellten die Küchenstühle zum Kaffeetrinken im Kreis unter die Bäume. Für die Kinder gab es Limonade. Vader kramte seine Agfabox hervor, damit er die Familienszene verewigen konnte. Wie Flügel breitete Mon seine Arme aus und drückte Wiesje zu seiner Linken und Roza zu seiner Rechten an sich.

«Seht mich an mit meinen schönen Töchtern», lachte er, während sie auf das Vögelchen warteten.

Flora stand neben ihrem Schwiegervater, doch statt eifersüchtig zu werden, war sie auf einmal beruhigt. Kurz bevor sie wieder nach Hause aufbrachen, nahm sie Wiesje beiseite.

«Sag mal, Wiesje», sagte sie auf möglichst unverfängliche Weise, «wenn es deinen Papa und mich später einmal nicht mehr gibt, wirst du dich dann um Roza kümmern? Ich glaube, sie hat dich genauso gern wie uns. Oder zumindest fast.»

«Ja, natürlich», antwortete Wiesje ohne viel Federlesens. «Sie ist doch meine Schwester. Wenn ihr tot seid, erbe ich sie von euch.»

Und weg war sie.

Die ganze Gesellschaft hatte sich schon bei dem Lastenrad versammelt und wartete auf Flora. Wiesje steckte die Spange in Rozas widerborstigem Haar noch einmal fest, und dann begannen das Winken und Rufen, daß man einander bald wiedersehen würde, und die gegenseitigen Dankesbekundungen. Auf dem Heimweg mußten sich die Passagiere in der glatten Holzkiste gut festhalten. Flora spürte, wie Rozas kleiner Körper zitterte. Dann liefen endlich ihre Augen über, und die Tränen tropften auf ihr hellblaues Röckchen.

«Aber Kindchen, was hast du denn?» versuchte Flora ihre Tochter zu trösten.

«Wiesje», sagte Roza. «Wiesje.»

Tiefe Traurigkeit lag in ihrer Stimme.

Mutter Angèle lavierte schon seit über fünfundzwanzig Jahren – die Kriegszeit mit inbegriffen – wie ein Schlachtschiff durch ihre Klassenzimmer. Sie verstand es wie keine andere, ihre Schützlinge im Zaum zu halten. Ihre Berufung ins Kloster hatte ihre erwachende Weiblichkeit im Keim erstickt, ihre Naivität jedoch so gut wie unangetastet gelassen, wovon sie täglich profitierte. Sie mochte gehorsame Kinder lieber als Unruhestifter, Heulsusen oder Naseweise, die sich mit ihrem ‹Darum› als Antwort auf unermüdliche Fragen nach einem ‹Warum› nicht zufriedengaben.

«Rozalein ist ein braves Kind. Sie ist nicht gerade eine der Schnellsten, aber guten Willens. So hat der liebe Herrgott seine Kinder gern», sagte sie immer, wenn sich Flora nach den Fortschritten ihrer Tochter erkundigte.

Roza brachte ab und zu Bildchen von Heiligen oder Engelchen mit nach Hause, womit sie für ihren Einsatz belohnt oder, wenn etwas nicht gelungen war, getröstet wurde. Ihre Mutter bewahrte derlei Führungszeugnisse in einer von Vaders leeren Zigarrenkistchen auf. Sonntag morgens setzte Roza sich mit ihrer Schatzkiste auf den Teppich im Wintergarten und ließ die Gebetsbildchen langsam durch ihre Hände gleiten. Sie machte kleine Fächer daraus, legte Farbe zu Farbe und Sorte zu Sorte. Die Hummel-Engelchen zueinander, die Heiligen Herzen mit oder ohne Blutstropfen, die Jesuskindlein mit Lamm im Nacken oder zu den Füßen und die weißen Tauben. Mon saß in seinem Sessel und sah abwechselnd in den Garten hinaus und zu seiner Tochter, die mit dem Ernst einer Kartenlegerin die Zukunft zu lesen schien. Aus der Küche wehte der herrliche Geruch von frischer Suppe herüber.

Manchmal kniete er sich neben Roza und las ihr die frommen Sprüche auf den Bildchen vor.

«Jesus, wir sind oft wie Disteln,
So scharf und so lieblos, Herr,
Ach, hilf uns, sanfter zu werden,
Dann stechen wir andre nicht mehr.»

Die unbekannten Worte faszinierten Roza. Sie drängte Mon, es noch einmal zu lesen, es zu wiederholen. Bald schon gehörte die weltfremde Litanei zu ihrem Sonntagmorgenritual. Roza las Mon die Worte von den Lippen ab und sprach sie ihm im Bruchteil einer Sekunde später nach. Noch bevor das erste Schuljahr vorbei war, kannte sie alle Texte auswendig – abgesehen von den französischen –

und wußte genau, welcher Wortsalat zu welchem Bildchen gehörte.

Wenn die Verwandtschaft zu Besuch war, unterzogen die Tanten und Onkel sie unerwarteten Tests. Sie holten wahllos irgendein Bildchen aus dem *Hofnarr*-Kistchen, hielten es ihr vors Gesicht und warteten. Roza sah sich den jeweiligen Jesus mit Heiligenschein und die vor ihm knienden Anhänger kurz an und trug mit stählernem Gesichtsausdruck die Legende vor: «Kommet alle zu mir, die ihr mühselig und beladen seid, und ich will euch erquicken.»

Eines Abends, nachdem auf Tante Godelieves Geburtstag an die zehn Bilder fehlerlos von Roza kommentiert worden waren, radelten Flora und Mon mit ihrer Tochter auf dem Gepäckträger in der Dämmerung nach Hause. Flora fragte sie, wie das schwarzweißgescheckte Tier mit dem prallen Euter heiße, das hinter dem Stacheldraht auf der Wiese stand.

«Hühüh», sagte Roza. Sie besann sich, als sie sah, daß ihre Eltern die Köpfe schüttelten.

«Wuwuh?»

Mon schnaufte. In seinem Kopf tauchte das Bildchen mit der Christusfigur auf, die beschützend ihren weiten Mantel um eine Herde Kinder ausbreitete.

«Möge das Heilige Herz Jesu über die Christlichen Schulen Belgiens wachen – seine Heiligkeit Papst Pius der Zwölfte», sagte er vergnügt.

Roza wiederholte den Satz bis aufs I-Tüpfelchen genau und ohne zu stocken. Sie sah zwar keinen Zusammenhang mit dem dummen Tier auf der Weide, doch als ihr Vater schallend anfing zu lachen, lachte sie so übermütig mit, daß das Fahrrad ins Wanken geriet. Mon mußte kurz mit den

 Füßen am Boden balancieren, damit er nicht das Gleichgewicht verlor. Flora lachte nicht mit. Sie war wütend.

«Ich begreife nicht, was daran jetzt so witzig ist», sagte sie sauer. «Das Kind ist über fünf und kann noch nicht einmal eine Kuh von einem Hund unterscheiden.»

Es war das erste Mal, daß sie sich eine solche Blöße gab. Meist war sie diejenige, die lieber ‹langsam› als ‹hintendran› sagte und in Gegenwart anderer Leute versuchte, mit Rozas Rezitationskünsten die Aufmerksamkeit von ihren Defiziten abzulenken.

«Vielleicht wird sie ja der erste weibliche Pastor», goß Mon noch etwas Öl ins Feuer. «Wenn sie so weitermacht, kann sie jedenfalls direkt auf die Kanzel. Nicht wahr, Rozalein?»

Roza klammerte sich an ihrem Vater fest und schmiegte ihr Gesicht an seinen Rücken. Die Bemerkung ihrer Mutter drang mit einiger Verzögerung auch zu ihr durch. Jetzt wußte sie es wieder.

«Kuh!» rief sie triumphierend.

«Siehst du, sie weiß es, wir müssen nur ein wenig Geduld mit unserer Tochter haben», sagte Mon.

Und Geduld hatten sie durchaus. Roza blieb zwei Jahre bei Mutter Angèle, weil sie sich weigerte, in die Klasse von Fräulein Lemmens auch nur einen Fuß zu setzen. Die sonst stets gleichmütige Roza brüllte am ersten Tag des neuen Schuljahres wie am Spieß und machte vor lauter Verzweiflung in die Hose, weil sie nicht verstand, daß sie eine Klasse höher mußte. Fräulein Lemmens – eine alte Jungfer mit einem kleinen Damenbart – gab sich alle Mühe, das Kind zu beruhigen und sich um das Geschrei nicht großartig zu scheren.

Doch als schließlich sechs weitere Kinder verstört in das Heulen eingestimmt hatten, mußte sie sich beherrschen, um dem kleinen unfolgsamen Koloß keine Ohrfeige zu verpassen. Entgegen allen Vorschriften ließ sie ihre Klasse fünf Minuten lang allein und ging Mutter Angèle holen. Die setzte sich ebenfalls über die Schulordnung hinweg, ließ ihre mattenflechtende Herde kurz ohne Aufsicht und rauschte durch die Gänge hinter Fräulein Lemmens her.

«Aber Rozalein, was ist denn nur los?» fragte die Schwester tröstend, als sie das Kind verzweifelt vor sich hin schluchzen sah, den Kopf auf die Arme gestützt.

«Ich will zurück zu Ihnen», sagte Roza in einem einwandfrei flüssigen Satz. Danach begann sie sofort wieder herzzerreißend zu schluchzen, wobei ihr der Rotz über das Gesicht lief. Hilflos schlug sie mit den Fäusten auf die Tischplatte.

Mutter Angèle, eine Meisterin in praktischen Dingen, brauchte keine Sekunde lang zu überlegen.

«Dann kommst du eben einfach mit mir mit», sagte sie und zog Roza hoch. Fräulein Lemmens atmete erleichtert auf, als die Schwester mit ihrem Schützling an der Hand die Klasse verließ. In ihrem vertrauten Klassenzimmer am Ende des Flurs stieß Roza einen kleinen Jungen unsanft von dem Platz, den sie als den ihren betrachtete, herunter. Davon abgesehen, machte sie aber einen so glücklichen Eindruck, als käme sie nach langer Reise wieder nach Hause. Mutter Angèle setzte das verdutzte Kerlchen auf einen anderen Platz, zog Roza eine trockene Unterhose an und wischte ihr mit einem feuchten Handtuch über die runden Wangen, wie um ihre Hysterie wegzuwischen. Jetzt konnte das neue Schuljahr beginnen.

«Als erstes werden wir ein kleines Lied lernen», sagte die

Schwester nach überstandener Krise. «Hört gut zu, ich singe es euch vor: Eins, zwei, drei, vier ...»

«Hütchen aus Papier ...», schmetterte Roza.

Sie strahlte über das ganze Gesicht. Dies war der beste Beweis dafür, daß sie hierhin gehörte und nicht zu der Lehrerin mit dem Bart. Hier kannte sie die Lieder, die Wände, das Fenster und die Luft da draußen. Und vor allem Mutter Angèle mit ihren schwarzen Röcken, ihrem vertrauten Geruch und den schneeweißen Händen. Die vielen neuen Kinder kannte sie nicht. Aber die gehörten wohl auch dazu, als Teil der Ausstattung.

Mutter Angèle blieb auch in den folgenden Schuljahren Rozas Rettungsboje. Keine noch so sanfte Lehrerin oder strenge Nonne war imstande, den Schlüssel zu finden, der ihr Zugang zu dem stillen, grobgebauten Mädchen verschafft hätte. Roza saß in ihrer Bank, schaute sich gelassen die Hieroglyphen an der Tafel an und fiel niemandem zur Last. Wenn sie doch einmal als ‹Elefant› oder ‹verrückte Roza› gehänselt wurde, entblößte sie lediglich ihre kleinen Mäusezähnchen zu einem Lachen. Es hätte nicht viel gefehlt, und sie hätte sich für die Aufmerksamkeit bedankt. Quälgeister verloren schnell ihr Vergnügen daran. Vor allem, als Mutter Angèle zur Direktorin der kleinen Dorfschule ernannt wurde, wonach sie mit ‹Mutter Oberin› angesprochen und mit einem Knicks begrüßt werden mußte.

Den Kniefall hatte Roza zu Hause einen ganzen Sonntag lang mit Flora geübt. Als sie es Mon vorführte, die Enden ihres Faltenrocks elegant zwischen Daumen und Zeigefinger haltend, stellte er fest, sie könne jetzt der Königin einen Besuch abstatten. In den königlichen Palast, so wußte Mon, wurden nur die Kinder hereingelassen, die einen

Knicks machen konnten, ohne umzufallen, mit Messer und Gabel aßen und vornehm sprachen. Roza erfüllte all diese Voraussetzungen. Und noch viel mehr. Sie konnte Achter in den Pudding und die Soße rühren, damit nichts anbrannte, wenn es klingelte und Flora unerwartet an die Tür mußte. Sie konnte Mons Schuhe putzen, bis sich ihr Gesicht in den Spitzen spiegelte. Das Unkraut zwischen den Steinen hinter dem Wintergarten konnte sie mit einem Kartoffelmesser jäten, ohne sich in die Finger zu schneiden. Das dünne Altherrenhaar ihrer Onkel konnte sie mit Bürste und Kamm so gut in Form bringen, daß diesen abends die Kopfhaut weh tat. Von ihrer Nichte ließen sie sich geduldig als Versuchskaninchen benutzen. Vielleicht wollte Roza ja Friseurin werden, wenn sie groß war, sagten die Tanten dann immer. Die heiligen Sprüche auf den Gebetsbildchen kannte sie zwar noch immer auswendig, aber sie hielt keine Predigten mehr auf Kommando. Manchmal murmelte sie sich selbst mit den Sprüchen in den Schlaf, als wären es Wiegenlieder.

Als Roza im Alter von zehn Jahren in die dritte Klasse gekommen war, legte die Mutter Oberin, ehemals Mutter Angèle, den Grundstein für zwei neue Leidenschaften im Leben ihres Zöglings.

Als Schulvorsteherin verbrachte sie viele Stunden in ihrem wohlgeordneten kleinen Büro mit Aussicht auf den Klostergarten. An einem Montag des noch zarten Frühjahrs wollte sie sich über einen Stapel Dokumente und Papierkram beugen, als ihr einfiel, daß sie Fräulein Michiels einen Bericht bringen mußte. Als sie mit der Mappe in der Hand das Klassenzimmer betrat, sah sie mit einem Blick die Tafel voller Bruchrechnungen und Roza, die unerschütterlich in ihrer Bank saß.

«Ich nehme Roza mit, dann kann sie mir ein wenig helfen», sagte sie aus einem Impuls heraus zu der Lehrerin. «Diese vielen Zahlen übersteigen ja doch ihren Verstand.»

Roza schlenderte bereitwillig hinter der Nonne her. Eigentlich durften die Kinder nicht bis ins Innerste des Klosters vordringen, aber Roza war öfter die Ausnahme, die die Schulregeln bestätigte. In den langen, glänzenden Gängen, die wie Startbahnen ins Himmelreich wirkten, war es so still, daß man die Pflanzen in den kupfernen Übertöpfen wachsen hören konnte. Nur manchmal durchbrach eine Nonne mit rauschendem Habit und klimperndem Rosenkranz die Stille.

«Setz dich mal, Kind, du darfst mir beim Abheften helfen», sagte die Mutter Oberin in ihrem Büro. Sie setzte Roza an einen kleinen Tisch am Fenster.

Abheften. Roza wußte überhaupt nicht, was das war. Sie wartete geduldig, während die Nonne mit ihren Papierstapeln raschelte, und schaute nach draußen, wo ein Birnbaum mit weißen schmetterlingsähnlichen Blüten stand und auf dem Rasen Löwenzahn leuchtete wie Sterne am hellichten Tag. Das fand Roza hübsch. Zu Hause duldete Mon kein Unkraut auf seiner kleinen Grünfläche. Gras ist Gras, pflegte er zu sagen und entfernte ohne Pardon Gänseblümchen und Mooskissen gleichermaßen. Im hinteren Teil des Klostergartens, halb hinter einer Reihe niedriger Bäume verborgen, zog eine Felsformation Rozas Aufmerksamkeit auf sich.

Doch die Schwester riß sie aus ihren Betrachtungen. Sie legte zwei Papierstapel und eine graumarmorierte Mappe auf den Tisch.

«Abheften», sagte sie in ihrem belehrenden Tonfall, «das bedeutet: Dokumente und Papiere in einem Ordner aufbewahren. Erst machen wir zwei Löcher ins Papier, und dann schieben wir es über diese zwei eisernen Stäbe. Diese Stapel liegen alle in der richtigen Reihenfolge, und das muß auch so bleiben, verstanden? Die Löcher machen wir mit einem Locher.»

Mit einem Klack stellte sie den schwarzen Apparat auf den Tisch und demonstrierte den Vorgang an einem Schmierpapier.

«Man faltet das Blatt Papier genau in der Mitte, aber nur hier am Rand, so daß man eine kleine Falte sieht. Die legt man an das Pfeilchen an – hier in der Mitte – und drückt dann den Griff herunter.»

Roza blickte gebannt zwischen dem Mund der Mutter Oberin und ihren Händen hin und her und versuchte angestrengt, einen Zusammenhang zwischen beidem herzustellen.

«Jetzt du», sagte die Nonne und drehte das Testblatt einmal um seine Achse. Es gelang auf Anhieb. Roza hielt sich die Löchlein vor die Augen und blickte triumphierend durch die kleine Brille in den Garten hinaus.

Während die Nonne ein Telefongespräch führte und Formulare ausfüllte, heftete Roza drauflos, daß es eine wahre Pracht war. Falten, Knicken, an den Strich in der Mitte anlegen, den Griff herabdrücken wie beim Regenwasserpumpen, kurz durch die Löcher nach draußen lugen und dann über die beiden Metallstäbchen ziehen. Nach einer guten halben Stunde war der ganze Papierstapel abgearbeitet. Roza betrachtete den Locher gründlich von allen Seiten. Als sie ihn auf den Kopf drehte, sah sie, wie die papierenen Kreise unter dem Plastikdeckel durcheinanderpurzelten. Plötzlich ging ihr ein Licht auf.

«Prozession», sagte sie und tickte mit ihrem Zeigefinger gegen das Plastik. «Auf der Prozession streuen sie auch Löcher.»

Die Nonne blickte überrascht von Rozas langem Satz von ihrer Arbeit auf.

«Ja, das stimmt», bestätigte sie, «auf einer Prozession streuen die Leute Konfetti und auch sonst, wenn es etwas zu feiern gibt. Was von den Löchern übrigbleibt, nennt man Konfetti.»

«Kon-fet-ti», sprach Roza ihr nach und schüttelte den Locher wie eine Rassel.

«Weißt du was, du nimmst das Konfetti mit nach Hause. Dann kannst du dort erzählen, wie gut du mir geholfen hast», sagte die Nonne.

Mit einem Handgriff klickte sie den Fuß des Apparates auf und schüttete die weißen Schnipsel in eine kleine Papiertüte. Sie tat noch ein paar Karamelbonbons dazu, zum Dank für die erwiesenen Dienste. Anschließend brachte sie Roza wieder aus dem Kloster hinaus zum Spielplatz.

Als Flora um vier Uhr an der Schulpforte stand, um sie abzuholen, dachte sie erst, ihre Tochter habe ein kleines Malheur gehabt.

«Was hast du denn da in der Tüte?» fragte sie. «Doch hoffentlich keine nasse Hose?»

Roza lachte geheimnisvoll.

«Prozession», sagte sie und schüttelte ihr Beutelchen.

«Nun laß mich doch mal sehen, was du mitgebracht hast», drängelte Flora zu Hause noch einmal mit gespielter Neugier.

«Augen zu», sagte Roza, um es spannend zu machen, «und hinsetzen.»

Sie drückte ihre Mutter auf das Sofa im Wintergarten, brachte erst die Karamelbonbons in der Tasche ihrer Weste in Sicherheit, um dann das Konfetti in ihre Handfläche gleiten zu lassen. Sie baute sich vor ihrer Mutter auf und streckte ihren Arm, so hoch sie konnte, in die Luft.

Als die weißen Schnipsel wie Schneeflocken auf ihr Haar und ihr Gesicht fielen, öffnete Flora die Augen.

«Konfetti», rief Roza. «Konfetti von der Prozession. Selbst gelocht.»

Sie klaubte ein paar der runden Papierchen vom Rock ihrer Mutter und streute sie sich über den eigenen Kopf. Danach sammelte sie alles wieder bis auf den letzten Schnipsel ein, um abends Mon damit überraschen zu können.

Es dauerte nicht lange, und Roza wurde zu Mutter Oberins ‹Cheflocherin› ernannt. Nach den offiziellen Dokumenten durfte sie sich nach Herzenslust über mißlungene Abzüge, alte Briefumschläge und zerlesene Kirchenzeitschriften hermachen. Voller Hingabe schüttete sie den bunten Inhalt des Lochers in ihre Papiertüte. Daheim sortierte sie alles nach unterschiedlichen Papiersorten und Farben in die durchsichtigen Verpackungen von Nylonstrümpfen um, die die Tanten für sie aufbewahrten. Wer sich mit einer Handvoll bunter Schnipsel im Haar lächerlich vorkam oder stöhnte, daß nun schon wieder staubgesaugt werden müsse, bekam es mit Flora zu tun.

«Gönn dem Kind doch sein Vergnügen», sagte sie dann. «Sie ist doch brav und stört nicht.»

An dem Tag, bevor die großen Ferien anfingen, zwängte Roza zum letzten Mal in diesem Schuljahr einen Stapel Papiere auf die Metallstäbe des Ordners. Der Mutter Oberin wurde ganz wehmütig zumute bei dem Gedanken, daß sie ihre Assistentin nun zwei Monate lang nicht sehen würde. Sie hatte dieses plumpe Kind mit dem unergründlichen Gesicht, dem spröden Haar und den kleinen Rattenzähnchen liebgewonnen. War es eine Art Mutterinstinkt, der da unerwartet in ihr aufkam? Schließlich war Roza keine Schülerin, mit der Lorbeeren zu verdienen waren. Die Hingabe jedoch, mit der sie sich auf ihrem angestammten Platz dem Abheften widmete, daß sie so demütig ausführte, was ihr aufgetragen wurde, rührte die Nonne. Sie war davon überzeugt, daß das Mädchen keinen dunklen Flecken auf der Seele hatte, daß sich hinter der kleinen Stirn mit dem niedrigen Haaransatz kein einziger sündiger Gedanke verbergen konnte. So mußte unser lieber Herrgott das beabsichtigt haben mit seinen Geschöpfen, dachte sie, wenngleich er in diesem Fall ein wenig sorglos bei der Formgebung gewesen war. Aber Rozas Einfalt war beeindruckend! Sie gab nicht vor, anders zu sein, als sie war. Roza ließ sich lesen wie ein Buch mit großen, deutlichen Buchstaben.

Die Mutter Oberin wischte sich mit einem weißen Taschentuch die Schweißtropfen von der Oberlippe und erhob sich langsam von ihrem massiven Schreibtischstuhl. Vor lauter Rührung bekam sie gleichzeitig steife und weiche Knie.

«Komm, Kind», sagte sie sanft, «wir gehen noch mal ins Klassenzimmer, ich teile die Zeugnisse aus, und wir wünschen allen schöne Ferien. Danach kommen wir zurück und räumen auf. Ich habe auch noch ein kleines Geschenk für dich, weil du so eine gute Sekretärin bist.»

Wie ein Hündchen folgte Roza der Nonne durch die stillen Gänge. Eine halbe Stunde später gingen sie in entgegengesetzter Richtung wieder zu dem kleinen Büro. Rozas Schultasche klatschte beim Gehen dumpf gegen ihre Beine. Sie hatte gerade erst gehört, daß sie sitzenbleiben würde, was sie völlig kaltließ. Oder doch fast, denn ein bißchen freute es sie schon. Sie kannte Fräulein Michiels nun schon so lange, und so würde sie sich nach dem Sommer wenigstens nicht an eine neue Lehrerin gewöhnen müssen, die unverständliche Sätze und Zahlenkombinationen an die Tafel schrieb. Alles würde bleiben, wie es war, und so war es ihr am liebsten.

«Ich schaue demnächst noch einmal bei deinen Eltern vorbei», sagte die Mutter Oberin, während sie die Ordner und Papiere zusammenschob. «Und hier ist dein Geschenk, damit du dich in den Ferien nicht langweilst.»

Sie drückte Roza den Locher in die Hand. Die blickte ungläubig von dem Bürogegenstand zur Nonne und wieder zurück. Dann schlang sie ungelenk ihre Arme um die schwarzen Schleier. Mutter Oberin spürte, wie der Locher gegen ihren Rücken schlug.

«Du hast es dir verdient, Kind, so fleißig, wie du gearbeitet hast. Und für die Schule kaufe ich einfach einen neuen, einen größeren. Jetzt mußt du aber gehen, die großen Ferien haben angefangen.»

«Darf ich kurz noch in den Garten? Zu der Grotte?» fragte Roza.

«Gut, geh ruhig, aber nur fünf Minuten», gab die Nonne dem Bitten des Kindes nach, «ich habe dich schon so oft durchs Fenster zu unserer lieben Muttergottes hinüberschielen sehen. Wir können ihr ja mal guten Tag sagen.»

Den Locher gegen die Brust gedrückt, stand Roza kurz darauf staunend vor der gemauerten Felsformation, in der sich eine Marienstatue aus Gips hinter einem Kranz aus Plastikblumen und halb abgebrannten Kerzen verbarg. Die Nonne machte ein Kreuzzeichen, und Roza tat es ihr gleich, das konnte sie mit geschlossenen Augen.

Die Stille des Gartens, in der nur ein paar schrille Vogelstimmen zu vernehmen waren, der kleine Windhauch, der ihr wie eine unsichtbare Hand durch das störrische Haar fuhr, die Augen der Maria, die ihr zu folgen schienen, als sie einen Schritt zur Seite machte: das alles machte Roza ein wenig schwindelig. Sie glaubte, im Himmel angekommen zu sein. Tausende Löcher hätte sie in die Luft und in die Wolken hineinstanzen wollen, und die blauweißen Schnipsel würde sie alle durcheinander auf die Welt herabschneien lassen, wie Blüten.

«Komm, Kind, deine Mutter wartet schon auf dich.»

Roza schreckte verwirrt aus ihrem Traum auf.

Abends nahm sie ihren Locher mit ins Bett. Sie begrub ihn unter den Decken, gleich neben ihrer rechten Hand, damit sie ihn am anderen Morgen sofort ertasten konnte.

Es waren durchaus noch mehr Kinder sitzengeblieben. Im nächsten Jahr würde es ihnen und auch Roza um einiges leichterfallen, sagte Frau Michiels ermutigend zu Flora, als sie ihre Tochter abholen kam, dann hätten sie ein Déjà-vu-Erlebnis nach dem anderen.

Mon ließ sich damit nicht so leicht abfertigen. Heutzutage gab es doch spezielle Schulen, in denen Kinder wie Roza besonders unterstützt wurden, damit auch sie es zu etwas brachten. Flora verlor die Fassung, als er am Abend diese Meinung so vorsichtig wie möglich zum Ausdruck gebracht hatte.

«Wie bitte? Kinder wie Roza? Was für Kinder sollen das denn bitte sein?» Ihre Stimme überschlug sich.

«Wir können doch auch nicht leugnen, daß sie ...»

Flora wollte nichts davon hören. Sie wollte nicht, daß ihre Tochter in eine Schublade gesteckt wurde, bei der sie schon die Bezeichnung verunsicherte.

«Unsere Roza mag ein wenig langsam sein, stimmt, Anwalt oder Professor wird sie wohl nicht werden, aber sie wird ihren Weg durchs Leben schon finden. Die Mutter Oberin hat gesagt, sie könne abheften wie keine zweite. Welches zehnjährige Kind kann das schon? Die meisten können nicht einmal fünf Minuten ruhig auf ihrem Stuhl sitzen bleiben.»

Daß die Nonne auf Floras Seite stand, war kaum zu übersehen, als Mon und sie am nächsten Tag zur Sprechstunde im Kloster erschienen. Mon drehte nervös seine Mütze in den Händen, Flora spürte die Narben auf ihrem Bauch stechen, wie sie es immer taten, wenn ein Unwetter im Anmarsch war.

«Ich will kein Blatt vor den Mund nehmen», kam die Mutter Oberin direkt zur Sache. «Roza ist keine Überfliegerin, sie ist nicht gerade schnell von Begriff, aber ein liebes Kind, das alle sofort ins Herz schließen. Das ist auf dieser Welt vielleicht sogar noch wichtiger als ein scharfer Verstand.»

Erleichtert stieß Flora einen Seufzer aus, der schon seit ein paar Minuten in ihrem Hals gesteckt hatte.

«In Absprache mit Fräulein Michiels lasse ich sie das Schuljahr noch einmal wiederholen. Ich fürchte jedoch, daß Ihre Tochter nächstes Jahr genausowenig von Brüchen und unregelmäßigen Verben begreifen wird wie dieses Jahr», fuhr sie fort. «Meiner Meinung nach müssen wir ihr helfen, die Hauptschule irgendwie hinter sich zu bringen. Sie kann hier bleiben, bis sie ungefähr vierzehn ist. Bis dahin wird sich wohl herauskristallisiert haben, was im Rahmen ihrer Möglichkeiten liegt. Wir müssen sie in Schutz nehmen, bevor sie mit beiden Füßen auf dem harten Boden der Realität landet, und darauf vertrauen, daß sie in Gottes Händen aufgehoben ist.»

«Aber Mutter Oberin», protestierte Mon, «wir dürfen doch auch nicht einfach unsere Hände in den Schoß legen. Sollten wir uns nicht vielleicht mal bei einer von diesen Sonderschulen erkundigen?»

«Mon, die Schwester wird das sicher besser wissen. Sie kennt unsere Roza schon so viele Jahre.» Flora versetzte ihm einen Stoß mit dem Ellbogen, den er erst einmal verdauen mußte.

«Tja, es gibt tatsächlich Schulen für Kinder, die nicht so gut mitkommen und etwas mehr Aufmerksamkeit brauchen als andere», sagte die Nonne zögerlich. «Das sind allerdings meistens Internate. Würden Sie es wirklich übers Herz bringen, ein so anhängliches, liebes Kind wie Roza dort sich selbst zu überlassen? Sie ist bei uns gut aufgehoben. Sie ist mir eine große Hilfe im Büro, und sogar die anderen Schwestern bitten sie manchmal, sich um die Pflanzen und den Papierkram zu kümmern. Denn was sie tut, das tut sie sehr gewissenhaft.»

«Zu Hause auch», bestätigte Flora. «Nächste Woche kommt ihre Halbschwester Wiesje zu Besuch. Die hat ein unglaubliches Talent dafür, mit ihr umzugehen. Die bringt ihr spielend bei, was Mon und ich nicht in ihren Kopf hineinbekommen.»

Die Schwester lächelte gerührt.

«Es geht darum, ihre verborgenen Talente ans Tageslicht zu bringen», sagte sie.

Das fand Flora schön ausgedrückt. Wann immer ihr nun jemand, laut oder stumm, Fragen über ihre Tochter stellte, wiederholte sie diese Worte:

«Die Mutter Oberin versteht etwas davon, Rozas verborgene Talente ans Tageslicht zu holen», sagte sie, als sei es ihre Formulierung. «Und wenn es jemanden gibt, der sie in- und auswendig kennt, dann ist sie das.»

Flora war froh, daß nach dem Gespräch alles beim alten blieb, sich das Leben nur in ganz kleinen Schritten veränderte. Mon fand sich damit ab. Was blieb ihm anderes übrig? Ihm fehlten der Mut und die Zeit, um mit der Faust auf den Tisch zu hauen. Er arbeitete täglich von acht bis fünf. Abends und am Samstag baute er dann Garagen, Fahrradschuppen, Wintergärten und Hundehütten. Die Beweise dafür, daß er zwei Hände hatte, die zupacken konnten, verbreiteten sich über das ganze Dorf und weit darüber hinaus, jährlich wurden es mehr.

Wiesje kam in diesen Ferien nur für zwei Wochen zu Besuch. Sie war inzwischen siebzehn und hatte nicht nur Brüste, sondern sogar schon einen Freund. Das erste war nicht zu übersehen, das zweite behielt sie vorläufig für sich. Sie machte eine Lehre als Friseurin und probierte die Wasserwellen und Farbspülungen an Flora und den Tanten aus. Erst wusch sie ihnen mit Eiershampoo die Haare, wobei sie sich weit über das Waschbecken beugen mußten, dann wurden sie auf einen Küchenstuhl in der Mitte des Wintergartens gesetzt. Von zu Hause hatte Wiesje einen rosafarbenen Frisierumhang aus

Nylon und einen Stickkorb voll verschiedener Materialien mitgebracht. Roza durfte ihr die Lockenwickler, die Nadeln mit den bunten Köpfen, flache Haarnadeln und Metallklemmen reichen. Das tat sie mit der Akkuratesse einer Operationsschwester, die dem Chirurgen Skalpell und Scheren in die Hände legt: richtig herum und im richtigen Moment.

Wenn Wiesje Kaffee machte, um die Trockenzeit angenehm zu überbrücken, und ganz erwachsen Frauengespräche führte, zog sich Roza mit ihrem Locher und der Konfettisammlung in ihr Schlafzimmer zurück. Manchmal taten ihr vom ständigen Herunterdrücken des Griffs die Handgelenke weh. In den Schubladen ihres Schrankes hortete sie durchsichtige Plastiktüten voll Konfetti, fein säuberlich nach Farben sortiert.

Eines Abends stieß sie zufällig auf die Zigarrenkiste mit den Heiligenbildchen von früher. Beim Anblick mancher Engel und Missionspater tauchten in ihrer Erinnerung spontan Bruchstücke der dazugehörigen Texte wieder auf. Vor sich hin murmelnd, breitete Roza die Bildchen wie einen Fächer auf dem Linoleumersatz aus und brachte ihren Locher in Anschlag. Minutiös schob sie Köpfe, Augen, Aureolen und gefaltete Hände unter je eines der beiden runden Messerchen. Ihre alte Obsession wurde innerhalb einer Stunde von der neuen absorbiert. Die mit heiligem Konfetti gefüllte Tüte wurde das Prunkstück ihrer Sammlung. Auf einen Blick erkannte sie ein Brillenglas Papst Pius' des Zwölften, die Lilie von Sankt Josef oder den Schlüssel des Heiligen Petrus, wenn sie in den Schnipseln wühlte.

Anfang September ließ sie sich wieder auf ihre vertraute Schulbank plumpsen und sagte zur Lehrerin:

«Später werde ich Friseurin in Wiesjes Salon.»

«Das ist eine gute Idee, Roza», meinte Fräulein Michiels. «Dann lasse ich mir von dir eine Dauerwelle machen.»

Roza lachte breit bei dieser Aussicht. Abends berichtete sie ihrer Mutter, sie habe schon eine Kundin für später, wenn sie Friseurin sei.

«Hab ich's dir nicht gesagt», sagte Flora triumphierend zu Mon. «Sie ist gerade erst einen Tag wieder in der Schule, und schon schmiedet sie Zukunftspläne.»

Die Jahre zogen ins Land. Floras Verwunderung über die Tatsache, daß sie mit ihrem Bauch und ihrem Temperament tatsächlich ein Kind zur Welt gebracht hatte, war nie ganz verschwunden. Jetzt, da Roza selbst langsam eine Frau wurde und ihrer Mutter körperlich schon über den Kopf zu wachsen drohte, nahm dieses Erstaunen eher noch zu. Unwillkürlich legte sie manchmal die Hand auf ihre Landkarte, wenn ihre Tochter schwer durchs Zimmer schlurfte.

Mon wurde älter und sein Haar schütter, aber sein Arbeitseifer ließ nicht nach. Mehr und mehr Leute kamen zu ihm, wenn etwas gebaut oder umgebaut werden mußte. Auf den kleinsten Wink hin fertigte er schon eine schnelle Skizze an und kritzelte irgendwelche Berechnungen aufs Papier. Wenige Wochen später war der Traum des Bittstellers Wirklichkeit geworden: aus Backstein oder Holz, kerzengerade und wasserdicht.

Flora kümmerte sich um das Geld, davon verstand sie etwas. Bald würde sie ihre kupferne Hochzeit feiern können, und noch nie hatten sie auch nur einen Cent Schulden gehabt. Zu Banken hatte Flora kein Vertrauen. Sie mußte die Scheine in den Händen halten und auffächern können, um sich sicher zu sein, wieviel sie besaß. Ihr gesamtes Kapital bewahrte sie in den Schubladen mit Unterwäsche und unter den Stapeln frischgebügelter Bettücher auf. Das hatte sie von ihrer Mutter gelernt. Statt in Waschlappen steckten die Bündel nun in braunen Umschlägen. Wenn der Betrag groß genug war, kamen abends Flaschen und Schnapsgläser auf den Tisch, und sie weihte Mon in ihre neuesten Träume ein, die noch der Verwirklichung harrten. Neue Gardinen fürs Schlafzimmer mit einem dazu passenden Bettbezug. Einen Telefonanschluß, damit sie zum Telefonieren nicht mehr zu Tante Marcella mußte. Einen Kühlschrank, so einen abgerundeten amerikanischen *Frigidaire*, in dem die Fleischwaren keine grauen Ränder mehr bekamen. Einen Stapel Tupperdosen, die unbedingt auch die Nachbarin zu sehen bekommen mußte, die seit neuestem damit prahlte, daß sie eine Garage neben ihr Haus bauen lassen werde, «und ich weiß auch schon, wen sie darum bitten wollen», ergänzte Flora.

Mon liebte diese Abende, wenn sie bei einem alten Klaren und einem Kräuterlikör zusammensaßen. Er liebte es, für eine Weile in ihren Augen zu ertrinken, die stets zu leuchten schienen, wenn sie von ihren Plänen erzählte. Sie wirkte immer etwas jünger und übermütig, wenn sie, die Umschläge in der Hand, zu erklären begann, was sie sich wieder Neues in den Kopf gesetzt hatte. Auf Schwingen der Wehmut flog er an solchen Abenden in der Zeit zurück, bis zu jenem Tag, als Jeanne gestorben war. Als das Geld in der Küchenschublade liegengeblieben war und Floras Verlangen nach seinem warmen Körper die Oberhand bekommen hatte.

Sie brauchte nie lange, um Mon für einen ihrer neuen Träume zu gewinnen. Manchmal belohnte sie ihn mit einem unerwarteten Kuß oder tat nicht so, als schliefe sie schon, wenn er später im Bett kurz mit seiner Hand durch ihr Haar wühlte. Als er eines Abends versprochen hatte, die Vorratskammer im oberen Stockwerk endlich in ein richtiges Badezimmer mit Badewanne, Waschbecken und Bidet umzugestalten, hatte sie sich ihm sogar freiwillig zugewandt. Als Mon dann schlief, lag Flora noch wach und dachte darüber nach, ob sie sich für eine hellgrüne oder eine dunkelbraune Sanitäreinrichtung entscheiden sollte. Das eine war frisch, das andere originell. Sogar gewagt. Aber man konnte jeden Abdruck darauf sehen. Morgen würde sie eine Zeitschrift kaufen. *Schöner Wohnen* oder die *Avenue*.

Im Frühjahr, kurz vor Rozas vierzehntem Geburtstag, führten Mutter und Tochter im Badezimmer ein Gespräch unter vier Augen. Die Badewanne, das Toilettenbecken, der Waschtisch und das Bidet blinkten «strahlend wie der Frühling», genau wie es der Prospekt versprochen hatte. Flora und Mon hatten weder Kosten noch Mühen gescheut: Sie hatte sämtliche Umschläge geleert, und er hatte sich selbst übertroffen mit seiner Präzisionsarbeit.

Roza stand splitterfasernackt vor dem Ding, das sie selbst «das kleine WC» nannte. Im Widerschein der meeresgrün gekachelten Wände sah ihre Haut leichenblaß aus. Sie erhielt Anweisungen, wie sie sich fortan waschen und versorgen solle, nun, da sie eine Frau geworden war. Flora hielt eine Packung *Regina, Königin der Monatsbinden* in der Hand, fand aber nicht die richtigen Worte und traute sich erst recht nicht, die richtige Haltung über dem Bidet zu demonstrieren. Außerdem lenkte der üppige Körper ihrer Tochter sie ab, die schweren Brüste, die breiten Hüften und das massige Hinterteil.

Sie hatte genau denselben gedrungenen Körperbau wie Jeanne, was Flora irritierte. Als wäre ihre Mutter zurückgekehrt und stünde nun nackt und verletzlich vor ihr. Schließlich setzte Roza sich doch breitbeinig auf das Bidet und tat, was ihre Mutter von ihr verlangte: Sie rieb ein Stückchen Seife so lange über den Waschlappen, bis es schäumte, und ließ ihre Hand dann unter ihrem runden Bauch verschwinden. Danach spülte sie sich gründlich ab. Fasziniert schaute sie zu, wie das rote Rinnsal gurgelnd in dem kleinen Abflußloch verschwand. Ihre Wangen glühten, als sie wieder in ihre große Baumwollunterhose stieg, so riesig wie die, die Flora als Kind auf der Wäscheleine hatte hängen sehen.

Flora war froh, daß sie es hinter sich hatte. Sie wußte, ihre Tochter würde ihre Hilfe das nächste Mal nicht mehr brauchen. Roza würde sich ein für allemal merken, wie das neue Waschritual vor sich zu gehen hatte und wo die Utensilien dafür lagen. Sie reichte ihrer Tochter ein verwaschenes Rippunterhemd. Allmählich war wohl die Zeit für weiblichere Unterwäsche angebrochen.

«Weißt du, woran ich gerade denke, Roza?» sagte sie. «Wo du jetzt so ein großes Mädchen geworden bist, können wir vielleicht einmal einen BH für dich kaufen. Bei *Sarma* habe ich sehr schöne gesehen, mit Blumen drauf. Du kannst aber auch einfach einen weißen nehmen, mit einer Spitze.»

Roza nickte.

«Genau wie du», sagte sie.

Sie schlüpfte in ihr Flanellnachthemd, zog ihren gesteppten Morgenrock darüber und ging nach unten.

Flora wischte den Boden des Badezimmers, fuhr mit einem Lappen über das Bidet und rieb den Spiegel mit einem Fensterleder ab. Einen Moment lang betrachtete sie ihr Gesicht und betastete ihre grauen Locken über den Schläfen.

Roza hatte sich bei Mon angekuschelt, während sie sich zusammen *Schiffer und Mathilde* im Fernsehen ansahen. Als es zu Ende war, sagte Flora:

«Dreimal darfst du raten, was unsere Roza zum Geburtstag bekommt.»

Sie zwinkerte verschwörerisch mit den Augen.

«Na los, erzähl deinem Vater mal, was wir beide bei *Sarma* kaufen werden.»

«Eine neue Bluse?» riet Mon. «Oder vielleicht ein schönes Haarband?»

Roza ließ den Kopf hängen und schwieg.

«Ich will das nicht», piepste sie schließlich und schüttelte dabei kläglich den Kopf. «Ich will etwas anderes.»

«Erzähl deinem Papa mal, was du gerne haben möchtest», ermutigte Mon sie. Er legte den Zeigefinger unter ihr Kinn und hob ihren Kopf so, daß sie ihn ansehen mußte. «Das müßte schon etwas sehr Ausgefallenes sein, was ich dir nicht kaufen würde.»

«Man kann es nicht kaufen, es ist zum Selbermachen!»

«Heraus mit der Sprache», drängte Mon.

«Eine Grotte!» sagte Roza. «Eine Grotte mit Maria drin, so wie im Garten bei den Schwestern.»

Flora mußte lachen.

«Aber Roza, wir wohnen doch nicht in Scherpenheuvel! Eine Grotte! Willst du aus unserem Garten etwa einen Wallfahrtsort machen?»

Roza wurde wütend. Sie baute sich vor Mon auf und brüllte:

«Ich will eine Mariengrotte zum Geburtstag!»

«Na gut, dann aber eine ganz kleine», gab Mon nach.

«Nein, keine kleine, eine große wie in der Schule. Die Mutter Oberin hat gesagt, daß du sie dir ruhig mal anschauen kannst.»

Ihr Vater seufzte. Eine Mariengrotte! Na, zumindest war es mal etwas anderes als eine Garage.

An ihrem vierzehnten Geburtstag ging Roza mit ihrem neuen fleischfarbenen BH und dem Hüftslip zur Schule. Sicherheitshalber hatte sie darüber ihren gewohnten Schlüpfer angezogen. Sie spendierte ihren Klassenkameraden Lollys, von denen alle feuerrote Lippen bekamen. Gegen Mittag holte die Mutter Oberin sie aus der Klasse und nahm sie wie immer mit zum Kloster.

«Heute wird aber nicht gearbeitet», lachte sie, «wer Geburtstag hat, hat Recht auf einen Tag Urlaub. Du bekommst von mir eine kleine Flasche Cola mit einem Strohhalm, und dann warten wir zusammen auf deinen Papa.»

Um Viertel nach zwölf wurde Mon von der Schwester, die am Eingang saß, in das kleine Büro gebracht. Die Mütze verlegen in den Händen hin- und herwendend, stand er zwischen der Nonne und seiner Tochter und wußte nicht, wohin mit sich. Er kam sich klein vor zwischen den beiden massiven Frauenleibern und taute erst auf, als er vor der Grotte stand, die Hand über den bemoosten Zement gleiten ließ und prüfte, wie fest der Sockel im Boden verankert war.

«Ich weiß vorläufig genug, meine Dame, ähm, Schwester», sagte er. «Eventuell komme ich später noch einmal zurück wegen der Details.»

Er konnte sich gar nicht schnell genug mit Roza aus dem Staub machen.

Die Mutter Oberin blickte Vater und Tochter gerührt hinterher. Sie hatte sich nicht in dem Mädchen getäuscht. Wer sich zu seinem vierzehnten Geburtstag eine Mariengrotte wünschte, mußte unter einem höheren Schutz als dem weltlicher Mächte stehen. Wer weiß, welche Wunder sich an diesem Kind noch erweisen würden!

Mon suchte ein schattiges Plätzchen aus, bei der Weißdornhecke, die den Garten von den umliegenden Äckern trennte. Niedrige Stechpalmenhecken boten hier ein wenig Schutz vor fremden Blicken. Diese relative Abgeschirmtheit schien ihm für ein Privatheiligtum gut geeignet. Nun mußten sie nur noch Flora überzeugen, die sich vor allem Sorgen machte, was die Leute dazu sagen würden. Wiesje war schließlich diejenige, die den Ausschlag gab.

«Wenn das Kind nun einmal beten will», sagte sie abends auf Rozas kleinem Geburtstagsfest zu Flora. «Seid doch froh, daß sie sich kein Fahrrad wünscht, mit dem sie verunglücken könnte. Oder einen Hund, der euch auf den Teppich pißt und sämtliche Schuhe kaputtbeißt.»

Roza nickte eifrig, das Geschenkpapier noch auf dem Schoß und das Kinn voll roter Striemen vom Kirschkuchen.

«Und außerdem: wenn sie erst mal zwei Jahre älter ist, werdet ihr noch froh darüber sein, daß sie draußen bei der Maria sitzt, statt mit den anderen Halbstarken in der Disko herumzulungern ...»

«Also gut, dann sei es drum», sagte Flora schließlich, und Roza flog nicht ihr um den Hals, sondern Wiesje.

 Mon legte keinen Wert auf Zaungäste; solange sein Kunstwerk noch nicht vollendet war, durfte niemand die Baustelle betreten. Mit der scharfen Spitze des Spatens zog Roza eine Linie auf dem Gartenweg, die sie nicht zu übertreten versprach, bis Mon ihr nicht die Erlaubnis dazu gab. Zunächst hatte er ein viereckiges Fundament aus Backsteinen gemauert, auf das ein hohler Sockel kam, und darüber erhob sich eine unregelmäßige Felsformation aus Zement. Sie war um ein unsichtbares Skelett aus Eisen- und Maschendraht herum errichtet und mit Schutt verstärkt. Mit einem alten Suppenlöffel hatte Mon kleine Dellen in den noch feuchten Zement gedrückt, damit alles so natürlich wie möglich aussah. Insgesamt war die Konstruktion etwas kleiner gehalten als das Vorbild im Klostergarten. Seine Tochter würde der Heiligen Jungfrau Auge in Auge gegenüberstehen. Mon war so in die Arbeit an der Grotte vertieft, daß er die Hauptattraktion, die Maria selbst, fast vergessen hätte. Wo konnte er bloß so eine Heiligenfigur kaufen? Er würde die Nonne danach fragen. Wenn jemand sich mit so etwas auskannte, dann doch wohl sie.

Eine Woche vor Rozas allerletztem Schultag verabredete Mon sich heimlich mit der Mutter Oberin. Er wollte kurz nachsehen, ob das Standbild im Klostergarten auf seinem Sockel angeschmiedet war oder lose darauf stand. Vielleicht mußte Maria ja drinnen überwintern, damit sie nicht aus ihren hellblauen Falten platzte, wenn es fror.

Die Nonne war in Dingen der weltlichen Liebe nicht bewandert, doch als sie sah, wie Rozas Vater mit seinen Arbeiterhänden die Füße der Heiligen Jungfrau betastete, so zärtlich und andächtig, traten ihr Tränen in die Augen. An seinem ganzen Tun war deutlich die Liebe zu seiner Tochter ablesbar. Nie zuvor hatte eine so schlichte Geste sie derart bewegt.

«Nun muß ich Sie aber noch etwas fragen, Schwester», sagte Mon, als sie aus dem Garten zurück ins Kloster gingen. «Wo kann ich denn wohl eine Madonna kaufen? Das wissen Sie doch sicher.»

Die Mutter Oberin, noch immer verzückt, schloß lächelnd die Tür zu ihrem Büro auf. Auf dem Tisch am Fenster, dort, wo Roza sonst immer ihre Arbeit verrichtete, standen zwei Madonnen, eine große und eine kleine. Mutter und Kind, konnte man meinen.

«Erlauben Sie mir, daß ich zu diesem besonderen Geschenk für Ihre Tochter auch einen Beitrag leiste», sagte sie feierlich. «Wir hatten auf dem Dachboden unserer alten Kapelle noch zwei Heilige Jungfrauen stehen. Suchen Sie sich einfach die schönste aus.»

Mon schluckte die Bemerkung, die ihm auf der Zunge lag, schnell herunter. Daß jeder Mann froh wäre, sich einmal die schönste Jungfrau aussuchen zu können, würde die Schwester wohl kaum erheitern. Er legte seine Hand auf den Kopf der größeren Statue und fuhr mit dem Zeigefinger über die weiß-blauen Rillen ihres faltigen Mantels hinab bis zu ihren bloßen Zehen.

«Es ist weniger eine Frage der Schönheit als der richtigen Größe», sagte er. «Ich glaube, ich nehme diese hier.»

Er drehte seine Errungenschaft auf den Kopf und schaute nach, ob der kleine Sockel unter ihren Fußsohlen gerade war. Anschließend wickelte die Nonne die Figur vorsichtig in eine dicke Lage Zeitungen ein und lieh Mon eine Einkaufstasche, damit er seine heilige Fracht sicher heimbringen konnte.

Als er zu Hause ankam, dämmerte es bereits. Er schlich um das Haus herum, lief quer durch den Garten und stellte schließlich die Maria mit feierlicher Gebärde auf ihren Platz. Sie blickte verklärt zu ihm auf, und er hätte schwören können, daß sie ihm kurz zugelächelt hatte. Am nächsten Tag würde er sie mit einer dünnen Zementschicht befestigen.

Am ersten Tag der großen Ferien würde Roza ihr verspätetes Geburtstagsgeschenk endlich sehen. Es würden endlose Ferien werden: Zur Schule würde sie nicht mehr zurückkehren. In einem Anflug von Frömmigkeit bat Mon Maria, gut für seine Tochter zu sorgen. Etwas Hilfe von oben wäre willkommen, jetzt, da ihre Zukunft anbrach. Er nahm die Statue von ihrem Sockel und legte sie vorsichtig auf den Boden der Tasche, die er unter seiner Werkbank in dem kleinen Schuppen versteckte.

Teil III

Die Reise

Flora hatte das Gefühl, daß hinter ihrer mit den Jahren verblichenen Landkarte ständig Mäusezähnchen an ihren Eingeweiden nagten. Manchmal legte sie sich die rechte Hand auf den Bauch, doch wenn Mon sich erkundigte, ob sie Schmerzen habe, schüttelte sie den Kopf. Sie ging auf die Fünfzig zu, vielleicht erwarteten sie jetzt schwierige Jahre. Sie wehrte ihn ab, tagsüber, aber auch nachts.

«Männer!» höhnte sie manchmal. Es traf Mon jedesmal wie ein Kinnhaken. Die einzige Möglichkeit, ihr zu beweisen, daß Männer noch zu anderen Dingen in der Lage waren als zu dem, was sie nach Floras Meinung ausschließlich im Kopf hatten, bestand darin zu arbeiten. Er baute nach wie vor wie besessen Garagen, Gartenhäuschen und Dachgauben. Er besserte die Vorkriegshäuser aus, durchbrach Zwischenwände und setzte falsche Decken ein. Das halbe Dorf hatte im Laufe der Jahre dank seiner Hilfe seinen Traum in Backstein umgesetzt. Vor ein paar Jahren hatte er sich mit vagen Plänen herumgeschlagen, sich selbständig zu machen, doch Flora hatte davon nichts wissen wollen. Er arbeitete schon seit Jahren für denselben Chef, was ihm im Alter eine anständige Pension einbringen würde. Was er nebenbei verdiente, war Schwarzgeld, das Flora sorgfältig in ihren geheimen Verstecken hortete. Geld war ihre Passion geworden. Es war das Pendant zu ihren Zukunftsbildern, in die sie sich immer mehr hineinsteigerte.

«Ein Sparstrumpf für unsere Roza, für später», sagte sie, als alle materiellen Wünsche rund ums Haus vorläufig erfüllt waren. In ordentlichen Bündeln sortierte sie die Scheine auf dem Küchentisch.

«Und für Wiesje», ergänzte Mon.

Darüber waren sie in einen heftigen Streit geraten, auf den sie nie wieder zu sprechen kamen.

In den folgenden Jahren gelang es Roza mehr und mehr, der beklemmenden Fürsorge ihrer Eltern zu entkommen. Schritt für Schritt wagte sie sich in die Welt hinaus und zog stillschweigend ihre Schlüsse. Das tat sie zumeist auf der Bank, die Mon bei der Grotte für sie aufgestellt hatte. Wenn sie im Haus nicht aufzufinden war, saß sie in aller Regel dort, mit den Händen im Schoß. Manchmal streute sie ein wenig Konfetti auf das schmale Stückchen Weg zwischen der Bank und der Grotte und lief dann nachdenklich mit gesenktem Kopf und gefalteten Händen durch das Halbdunkel: ihre private Einpersonenprozession.

Nach dem Ende ihrer Schulzeit arbeitete sie zwei Jahre lang als Aushilfe bei der Mutter Oberin, wo sie sich als Superlocherin entpuppte. Sie konnte die Löcher genau im richtigen Abstand von der Mitte eines A4-Blattes stanzen, ohne diese zuvor mit einem Knick markiert zu haben. Wenn es gerade nichts abzuheften gab, durfte sie die Pflanzen gießen oder Bettelbriefe für die Mission in Umschläge eintüten, und an Festtagen half sie der Schwester in der Küche bei den Hackbällchen für die Suppe oder bei den kleinen Pasteten. Jeden Monat bekam sie einen hellgrünen Umschlag zugesteckt. Roza gab ihn ihrer Mutter, ohne sich den Inhalt auch nur angesehen zu haben.

Eines Morgens kündigte die Mutter Oberin unerwartet an, daß sich im Laufe des Tages eine neue Schuldirektorin vorstellen und ein bißchen umschauen werde. Schwester Fernanda würde sicher auch jemanden gebrauchen können, der ihr zur Hand ging, fügte sie noch beruhigend hinzu.

Roza wußte nicht, was «sich vorstellen und ein bißchen umschauen» bedeutete, doch als die hochgewachsene Frau zur Tür hereinkam, mit einem vollen Haarschopf und Schuhen mit kleinen Absätzen, stand ihr Entschluß sofort fest. Während die beiden Nonnen in gedämpftem Tonfall ein Gespräch führten, räumte sie ihren Tisch auf und schüttete den Inhalt des Lochers in einen alten Briefumschlag. Als die Neue wieder weg war, drückte Roza der Mutter Oberin fest die Hand, sagte «Danke für alles» und ging nach Hause. Sie setzte nie wieder einen Fuß in das Kloster. Als die alte Nonne sie zu Hause aufsuchte, um ihr noch ein kleines Geschenk und den ausstehenden Lohn zu überreichen, tat sie, als wäre sie eine Fremde. Doch man nahm es ihr nicht übel. So war Roza nun einmal.

Danach beschäftigte sie sich eine Zeitlang ausschließlich damit, ihrer Mutter zu helfen. Sie ging ihr im Haushalt zur Hand und begleitete sie auf Besuche bei den Tanten, die alt und hilfsbedürftig geworden waren. In den freien Stunden, die ihr blieben, loderte die Flamme ihrer Obsession wieder auf: Wie besessen bearbeitete sie jedwedes Papier, das sie finden konnte, und jede Zeitschrift, die ihr von der Verwandtschaft zugesteckt wurde, mit dem Locher. Ihre Schubladen quollen über von ihrer Konfettisammlung.

Kurz vor Ostern hatte Wiesje gefragt, ob sie nicht Lust hätte, in dem Friseursalon, in dem sie arbeitete, eine Zeitlang auszuhelfen.

Flora hatte protestiert. Es sei zu weit weg: Sie werde ihre Tochter täglich bringen und mit dem Bus abholen müssen. Wiesje hatte mit der für sie typischen Nüchternheit angemerkt, daß Roza kein Kind mehr sei und das schon alleine hinbekommen würde. Und sie hatte recht behalten. Zweimal war Flora mitgefahren, seither reiste Roza täglich ganz allein mit dem Bus, acht Haltestellen weit.

Im Friseursalon *Chez Nicole* reichte sie Lockenwickler, fegte die Haare auf dem Boden zu großen Vogelnestern zusammen, faltete die Frisierumhänge und sortierte die Handtücher nach Farben. Wenn etwas schiefzugehen drohte oder zu lange dauerte, half ihr Wiesje aus der Bredouille. Und bevor sie nach Hause ging, vergewisserte die Ältere sich immer, daß ihre Halbschwester in den richtigen Bus einstieg. Roza hatte nicht nur Arbeit, sondern auch einen Schutzengel.

Von der Chefin, die die Tochter von Nicole war und Els hieß, bekam Roza wie früher einen Umschlag mit Geld. Wenn es darin klimperte, hatten sie die Kaffeekasse aufgeteilt. Sie lieferte alles bei ihrer Mutter ab. Das Geld interessierte sie nicht, ihr ging es um die Arbeit.

Die Unabhängigkeit hatte auch ihrem Äußeren gutgetan. Wiesje hatte es verstanden, Rozas sprödem Haar mit einer

 Dauerwelle einen Hauch weiblicher Eleganz abzutrotzen, und lackierte ihre stumpfen Nägel manchmal mit einem kleinen Rest Rosa und Lila aus der Maniküreecke. Ab und zu gingen sie gemeinsam Kleider kaufen, nachdem Flora etwas vom Inhalt ihrer Umschläge herausgerückt hatte. Wiesje war der Meinung, ihre Halbschwester habe lange genug die von Tante Marcella angefertigten braunen und blauen Sachen getragen. Sie war nicht traurig darüber, daß die alte Frau, die zittrig und kurzsichtig geworden war, immer weniger selbst nähte.

«Wir sollten lieber eine Nummer größer nehmen. Je mehr alles spannt, um so dicker sieht man aus. Je loser die Kleidung sitzt, desto besser», sagte Wiesje sachkundig, als sie bei C&A vor den großen Ankleidespiegeln standen.

Roza strahlte. Je größer ihre Kleider, Röcke und Blusen waren, um so mehr Sonnenblumen und Rosen paßten darauf.

Im Frühherbst des Jahres 1970 fegte Flora die letzte Asche im Kohlenkeller zusammen. Damit wurde das Kapitel Eierbriketts und Anthrazitkohle ein für allemal geschlossen. Dem Kohlenkasten, der schon seit ihrer Kindheit seinen Dienst tat, rückte sie mit einer Tube Kupferputzmittel und einer von Rozas alten Unterhosen zu Leibe. Sie polierte die Oberfläche, bis das rotgelbe Metall wie ein Spiegel blinkte, und stellte das Ding mit ein paar Schilfhalmen in den Gang neben die Eingangstür.

Gemeinsam mit zwei Kollegen hatte Mon eine Zentralheizung im Haus installiert, und Flora war froh, daß sie dies nun hinter sich hatten. Wochenlang hatte der Staub zwischen ihren Zähnen geknirscht, und unablässig war Flora mit Staubsauger und Putzlappen zugange gewesen. Aber die Mühe hatte sich gelohnt. Fortan würde es überall warm sein, auch im Flur und in den Schlafzimmern. Mon meinte, das Haus sei nun sicher doppelt soviel wert wie vorher.

Flora saß im Wintergarten und erholte sich bei einer Tasse Kaffee. Mit halbem Auge sah sie sich die Angebote in einem Werbeprospekt an und schreckte auf, als sie jemanden an die Tür klopfen hörte. Es war der Laufbursche des Betriebes, der den Heizkessel geliefert hatte.

«Kannst du nicht an der Haustür klingeln?» fragte sie schnippisch.

«Ich komme die Rechnung bringen, Madame, ich hatte sowieso gerade in der Gegend zu tun. Der Chef läßt fragen, ob Sie es spätestens nächste Woche bezahlen könnten.» Er holte ein zusammengefaltetes Papier aus der Brusttasche seines Overalls und reichte es ihr.

Bevor sie darüber hatte nachdenken können, ob sie ihm vielleicht ein Trinkgeld geben sollte, war er schon auf sein Rad gesprungen und verschwunden.

Sie studierte aufmerksam die schreibmaschinengeschriebene Rechnung, rechnete alles nach und fand den nach unten abgerundeten Betrag sehr anständig. Von dem Geld könnte er sich ein neues Farbband für die Schreibmaschine kaufen, dachte sie, während sie mit der Fingerspitze über die kleinen Löcher der Nullen strich. Sie waren nicht so schön rund wie die von Roza.

Roza ging gegen zehn Uhr ins Bett. Dann erst stellte Flora zwei Gläser und zwei Flaschen auf den Tisch, um die finanzielle Situation mit Mon zu besprechen. Er sah zu, wie sie zwei Bündel Geldscheine aus einer Brottüte holte und die Gummibänder davon abstreifte, die ihr sogleich in den Händen zu Staub zerfielen. Wie eine Wahrsagerin ihre Karten, so breitete Flora die Geldscheine zu zwei gleichen Fächern auf dem Tisch aus. Ein muffiger Geruch von Schimmel und Feuchtigkeit verbreitete sich.

«Was für ein Gestank! Wo bewahrst du bloß das Geld auf, Flora?»

Seine Stimme klang ärgerlich.

Es war abzusehen, daß er gleich wieder von einem Bankkonto anfangen würde. Sie erhob sich, verschwand kurz im oberen Stockwerk und kam mit einem Deodorantspray zurück. Großzügig nebelte sie den auf den Tisch ausgebreiteten Reichtum ein.

Der Schnaps, den Mon herunterkippte, schmeckte nach Spülmittel. Flora zählte fünfzig Scheine ab und bat Mon, sie am Samstag bei dem Heizungsgeschäft vorbeizubringen.

«Dann hätten wir das auch hinter uns», sagte sie.

«Mach das mal selbst», antwortete Mon, während er sich noch einen Schnaps einschenkte. «Wann wirst du um Himmels willen endlich ein Bankkonto eröffnen, Flora? Man könnte meinen, das Geld hätte zehn Jahre im Keller vergraben gelegen, so wie das stinkt. Und mit dem Zeug, das du da versprühst, wird es nur noch schlimmer. Das stinkt hier ja wie im Puff.»

Flora verschluckte sich fast an ihrem Kräuterschnaps. Sie wußte nicht, was sie schlimmer finden sollte: daß ihr Deodorant angeblich stank oder daß er wußte, wie es in einem Puff roch.

Es blieb eine Weile still. Schließlich raffte sie das Geld zusammen und suchte in der Küchenschublade nach einem neuen Gummiband. Die muffige Brottüte warf sie in den Abfalleimer.

«Dann bringe ich es morgen eben selbst hin, ich muß
sowieso mit Roza ins Dorf», sagte sie. «Und du fang nicht immer wieder von den Banken an. Du weißt ganz genau, daß ich denen nicht vertraue. Mein Vater, Gott hab ihn selig, hat mir genug Geschichten von Leuten erzählt, die all ihr Erspartes verloren haben, das auf der Bank lag ...»

«Das war im Krieg», sagte Mon. «Heute ist das nicht mehr so. Wir könnten sogar noch eine hübsche Summe Zinsen einstreichen.»

Flora schnaufte.

«Nein», sagte sie kurz und bündig. «Du kennst meine Meinung dazu.»

Ihr Geld gab ihr Halt. Sie mußte es von Zeit zu Zeit anfassen können. Sie wollte es riechen und rascheln hören. Wenn sie es jeden Monat an einen Fremden hinter einem Schalter abgeben müßte, hätte sie nicht mehr das Gefühl, daß es ihr gehörte.

Später, als sie schon im Bett lagen, erzählte sie, daß sie ein Los der *Freunde von Lourdes* gekauft hatte, mit dem man eine Wallfahrt gewinnen konnte.

«Wir müßten einmal gemeinsam eine Reise machen», träumte sie laut, «alle drei zusammen. Ans Meer oder nach Wallonien ...»

«... oder in den Schwarzwald. Da laufen einem die Hirsche direkt vor die Füße, heißt es», sagte Mon gutmütig, wenngleich eine Reise nicht gerade sein sehnlichster Wunsch war. Er wollte sie günstig stimmen und fand, er habe nach all seinem Einsatz in puncto Heizung Recht auf eine warme Apotheose. Es lag Monate zurück, daß sie das letzte Mal etwas gefeiert hatten. Sie würde doch lieber ans Meer fahren, sagte Flora. Die Hirsche im Schwarzwald würden ihr nur den Spaß verderben. Mit ihren riesigen Geweihen.

«Blankenberge», war ihr letztes Wort. Dann kehrte sie ihm den Rücken zu und schlief ein.

Flora konnte es kaum glauben, und doch war es so: Die Ziffern auf ihrem Los stimmten genau mit den fettgedruckten Zahlen im Gemeindeblatt überein: 04346. Sie rief Mon hinzu und fischte den blauweißbedruckten Papierstreifen noch einmal aus der Bonbonniere auf dem Büfett. Erst nach dem Fernsehquiz, als der Abend schon halb vorüber war, wagte sie es, die aufregende Wahrheit ganz zu sich durchdringen zu lassen: Sie hatte eine Reise nach Lourdes gewonnen! Eine Woche Wallfahrt, alles inbegriffen: der Zug, das *Hôtel de la Gare* – drei Sterne – mit Vollpension, die Teilnahme an der Lichterprozession und an allen Ausflügen.

«Dabei habe ich noch nie in meinem Leben etwas gewonnen», wiederholte sie ungläubig.

«Das kommt, weil du Glück in der Liebe hast», antwortete Mon mit einem Augenzwinkern zu Roza hin, die gerade *Das Reich der Frau* durchblätterte.

Sie blickte auf und fragte, ob er Flora denn nicht mehr liebe.

«Wie kommst du denn darauf?»

«Na, weil Mama jetzt doch Glück im Spiel hat!»

Flora war völlig aus dem Häuschen. Ihre Phantasien hatten nie über eine kleine Pension oder ein möbliertes Zimmer an der belgischen Küste hinausgereicht, und jetzt sollte sie eine ganze Nacht und sogar noch einen Teil des folgenden Tages im Zug sitzen, um in ein Land zu fahren, wo Französisch gesprochen wurde und sie vielleicht mit eigenen Augen ein Wunder sehen würde. Das überstieg ihr Fassungsvermögen. Sie beschloß, lieber zu Hause zu bleiben.

«Das Los hatte ich doch nur für den guten Zweck gekauft», verteidigte sie sich. «Im übrigen konnte ich gar nicht anders, es war schließlich die Tochter der Gemeindeschwester, die damit vor der Türe stand.»

«Aber Flora, so eine Gelegenheit bekommst du vielleicht nicht noch einmal im Leben! Und du wirst auch nicht allein sein: Es ist doch ein Verein. Da wird sicher ein Pastor oder ein Reiseführer mitfahren, der Französisch spricht und dir helfen kann, wenn du etwas nicht verstehst.»

Mon ermunterte sie für seine Verhältnisse ungewöhnlich feurig.

«Weißt du was?» schlug er vor. «Du könntest auch fragen, ob du Roza mitnehmen kannst. Du hast doch sicher irgendwo noch ein Bündel muffiges Geld liegen. So viel wird das doch nicht kosten.»

Flora war gekränkt.

«Man könnte fast meinen, du willst mich loswerden», wandte sie ein. «Und was machst du dann in der Zwischenzeit? Du weißt doch noch nicht einmal, wo deine Socken liegen, und mehr als ein Spiegelei bringst du nicht auf den Tisch.»

Er beruhigte sie, daß er dann eben bei seiner Mutter essen gehen und ab und zu eine Portion Pommes frites mit Schmorfleisch holen würde.

«Ich fahre nicht mit nach Lourdes», sagte Roza entschieden. «Ich will nicht so lange im Zug sitzen, und ich verstehe da doch niemanden. Ich kümmere mich schon um Papa.»

Mon wurde rot.

«Aber was werden die Leute sagen?» hielt Flora dagegen. «Ich kann euch doch nicht einfach hier sitzenlassen und selber Halligalli machen ...»

«Du machst da nicht Halligalli, du gehst auf Wallfahrt», sagte Mon. «Du mußt dort den ganzen Tag beten, Weihwasser trinken und ‹Ave, ave, ave, Maria› singen, während Roza mir die Sachen bügelt und Steaks für mich brät. Wir werden jeden Tag kurz zusammen bei unserer eigenen Grotte sitzen und an dich denken, nicht wahr, Kind? Unsere Jungfrau Maria wird sich auch freuen, wenn sie mal wieder Besuch bekommt.»

«Ach, ich weiß nicht», zweifelte Flora. «Und Roza ist hier dann den ganzen Tag allein.»

«Wiesje kann doch kommen. Ich kümmere mich um Papa und sie sich um mich und Papa sich um uns beide», sagte Roza mit bestechender Logik.

«Wiesje muß arbeiten!» Flora fühlte sich plötzlich ausgegrenzt. War sie denn nicht unersetzlich?

«Und außerdem: Ich weiß nicht, ob meine Gesundheit so etwas überhaupt zuläßt!» zog sie ihren letzten Trumpf aus dem Ärmel. «Stundenlang im Zug sitzen, das wird meinem Bauch nicht gerade guttun. Und wer weiß, wie das Essen in dem Hotel ist?»

Roza, die manchmal eine Woche lang kaum drei Worte sagte, hatte diesmal auf Anhieb eine naheliegende Lösung parat:

«Frag dort einfach Maria, ob sie ein Wunder an deinem Bauch geschehen läßt», sagte sie.

Mon ließ sich nichts anmerken und schlug vor, noch einmal ein paar Tage darüber nachzudenken. Schließlich war es bis zum Mai noch ein paar Monate hin.

«Ich werde morgen auf alle Fälle erst einmal die *Freunde von Lourdes* anrufen, um sicherzugehen, daß die Nummer auf meinem Los wirklich diejenige ist, die gewonnen hat. Vielleicht freuen wir uns ja ganz umsonst», zweifelte Flora weiter.

«Und ich werde morgen auf alle Fälle erst einmal mit Wiesje telefonieren», tat Roza es ihr gleich.

Sie stand auf, um ihren Eltern einen Gutenachtkuß zu geben, und sagte Flora, sie solle ihr ein schönes Geschenk mitbringen. Mon flüsterte sie ins Ohr, sie würde ihm jeden Tag Pfannkuchen backen, ganz dicke. Er schaute ihr mit einem Lächeln hinterher, als sie das Zimmer verließ. «Mit dünnem Sirup», fügte sie noch hinzu, als sie in der Türöffnung stand.

«Tür zu», rief Flora gewohnheitsgemäß.

«Wieso denn, wir haben doch Heizung!» sagte Roza.

Es mußte noch viel Wasser den Rhein herunterfließen, bevor sich Flora schließlich zu der Reise durchringen konnte. Die ganze Verwandtschaft hatte auf sie eingeredet, bis sie schließlich nachgegeben hatte. Sie wäre verrückt, wenn sie so eine einmalige Gelegenheit nicht beim Schopfe packen würde, hatte man ihr gesagt: eine Woche auf Reisen, gratis und umsonst! Also brach sie eines Montagmorgens im Mai mit dem Wallfahrtszug nach Lourdes auf. Mon, Roza und Wiesje standen auf dem Bahnsteig und winkten ihr zum Abschied nach. Hätten nicht Mit, die Bäckersfrau, und Rita, die Gemeindeschwester, mit ihr im selben Abteil gesessen, sie wäre doch noch ausgestiegen und wieder mit nach Hause gegangen.

Sie war noch nie in ihrem Leben verreist und hatte seit

 ihrer Hochzeit – die inzwischen fast zwanzig Jahre zurücklag – noch keinen Schritt ohne Mon getan. Das Herz ging ihr über, als sie ihn, an der Seite seiner beiden Töchter, auf dem Gleis stehen sah. Sie standen nebeneinander in ihrer Sonntagskleidung, und Mon wußte nicht, ob er gleich tatsächlich mit einem weißen Taschentuch winken mußte oder ob es so etwas nur in romantischen Filmen gab. Wiesje war in ihrem Element vor dieser weltlichen Kulisse aus Geschäftigkeit, Koffern und gehetzten Reisenden. Sie trug eine Synthetikhose mit Bundfalte und darüber einen lachsfarbenen Strickpulli mit einem viel zu tief ausgeschnittenen Dekolleté. Der Schulterriemen ihrer weißen Tasche hing genau zwischen ihren Brüsten: Nichts blieb der Phantasie überlassen! Wiesje war wirklich mit allen Wassern gewaschen und würde Mon und Roza schon gut durch die Woche bringen. Immerhin hatte sie extra fünf Tage Urlaub genommen, um bei ihrem Vater und ihrer Halbschwester zu sein, das mußte Flora zugeben.

Sie war froh, als endlich der schrille Pfiff ertönte und der Zug sich langsam in Bewegung setzte. Das Letzte, was sie sah, bevor sie den Bahnhof verließen, war, wie Mon das Gesicht Rozas mit seinem Taschentuch abwischte. Sie fühlte sich wie eine Rabenmutter.

«Du wirst schon sehen, deine Stieftochter wird sich um alles kümmern», tröstete Krankenschwester Rita sie. «Die hat Haare auf den Zähnen, das sehe ich auf Anhieb.»

«Wenn du einmal eine Woche von der Bildfläche verschwindest, dann merken sie erst, was sie an dir haben, Flora», fügte Mit, die Bäckersfrau, hinzu. «Solange du zu Hause bist, nehmen sie dich gar nicht wahr. Die Erfahrung mache ich jedes Jahr wieder mit meinem Mann und den Kindern.»

Erst als sie Paris erreichten, gelang es Flora, das Bild der weinenden Roza aus ihrem Kopf zu vertreiben. Dann gewannen ihre Bauchschmerzen wieder die Oberhand.

Draußen sah sie die alten, verdreckten Vorstadthäuser vorüberziehen und hätte alles darum gegeben, sofort kehrtmachen zu können. Sie sehnte sich nach ihrer Küche mit dem vertrauten Tisch, an dem sie schon als kleines Kind mit ihren Eltern gegessen hatte. Nach den hellgrünen Kacheln ihres modernen Badezimmers, die strahlten wie der Frühling. Nach dem Wintergarten, ihrem gläsernen Palast, in dem sie manchmal noch Jeannes Anwesenheit zu spüren vermeinte. Und vor allem nach ihrem eigenen Bett und Mons vertrautem, warmem Körper neben sich. Sie zählte es an den Fingern ab: noch siebenmal schlafen, dann war alles wieder vorbei.

Roza zog es den Boden unter den Füßen weg. Gleich in der ersten Nacht von Floras Abwesenheit schrumpfte sie in ihren wirren Träumen zu einem hilflosen kleinen Mädchen zusammen, das nach seiner Mutter rief. Sie wachte früh auf, weil eine klamme Kälte ihren Rücken hinaufkrabbelte. Sie war naß! Sie zog ihren Pyjama aus und raffte die Laken von ihrem Bett. Im Badezimmer stopfte sie alles in die kleine elektrische Waschmaschine, die Flora dort für den Fall bereitgestellt hatte, daß man schnell etwas zwischendurch waschen mußte. Roza hüllte ihren feuchtkalten Körper in ihren gesteppten Morgenrock. Sie zögerte noch, weil sie Angst hatte, das Brummen der Maschine würde die anderen aufwecken. Just in dem Augenblick, als sie sich dazu entschlossen hatte, an dem entscheidenden Knopf zu drehen, kam Wiesje in einem halbdurchsichtigen Babydoll ins Bad gerauscht.

 «Roza, bist du denn jetzt völlig übergeschnappt …», rief sie in die morgendliche Stille hinein, «ins Bett pissen, in deinem Alter. Du bist doch kein Baby mehr …»

Roza starrte sie sprachlos an. Woher wußte Wiesje das?

«Ich habe komische Geräusche gehört und bin in dein Zimmer, um nachzusehen», tobte sie weiter. «Keiner da um halb sechs in der Frühe, ein Gestank wie in einem Kuhstall und eine klatschnasse Matratze, das hab ich da gefunden! Schämst du dich denn nicht?»

Sie riß den Deckel der kleinen Waschmaschine auf, zog eines der Laken heraus und schmiß es in die Badewanne.

«Das Ding wird sich noch nicht mal drehen, wenn du da so viel hineinstopfst.»

Roza drehte belemmert den Wasserhahn der Badewanne auf und sah zu, wie der Stoff schwer nach unten sank. Wie ein begossener Pudel setzte sie sich auf den Rand der Wanne und fing an zu heulen. Mon kam herein, die Stirn in Falten, sein dünnes Haar stand in alle Richtungen ab. Was all der Lärm zu bedeuten habe, wollte er wissen.

«Roza hat ihr Bett vollgepißt», sagte Wiesje, «und sie glaubt auch noch, wir merken es nicht, wenn sie hier in aller Herrgottsfrühe die Waschmaschine anwirft. Die Matratze kann man wegschmeißen. Flora wird sich bedanken, wenn sie zurückkommt.»

Als sie den Namen ihrer Mutter hörte, schlug Roza die Hände vors Gesicht und heulte nur noch mehr.

Jetzt platzte Wiesje der Kragen.

»Mensch, hör endlich auf, du Kleinkind», sagte sie in bissigem Ton, «deine Mutter hat nicht der Erdboden verschluckt, die ist bloß mal eine Woche verreist. Damit wirst du dich wohl oder übel abfinden müssen. Sie wird sowieso auch nicht ewig leben.»

«Jetzt reicht es, Wiesje!» mischte sich Mon ein. «Sie kann doch nichts für dieses kleine Mißgeschick. Sie vermißt ihre Mutter.»

Wiesje blickte ihren Vater höhnisch an:

«Dann müßte ich ja täglich in einem nassen Bett aufwachen. Roza muß endlich einmal erwachsen werden! Flora hat sie völlig verdorben. Und du übrigens auch.»

Wie eine Ballerina drehte sie sich auf ihren nackten Füßen herum. In dem gelben Höschen des Babydolls zeichnete sich ihr Hinterteil deutlich ab. Sie war schon aus seinem Blickfeld verschwunden, als Mon begriff, was sie da gesagt hatte.

«Leg dich noch mal ein Stündchen hin», sagte er zu Roza. «Das kommt schon alles wieder in Ordnung.»

«Aber mein Bett ist naß», sagte sie kleinlaut.

«Ach ja, stimmt.» Mon überlegte kurz. «Dann leg dich einfach noch ein Stündchen zu mir ins große Bett, Mamas Platz ist ja frei», sagte er.

Roza ließ sich das kein zweites Mal sagen. Im Morgenrock kroch sie ins Bett ihrer Eltern. Sie schloß zwar ihre Augen, traute sich aber nicht einzuschlafen, aus Angst davor, daß sich das Malheur wiederholen könnte. Mon lag auf seiner rechten Seite und betrachtete seine Tochter, deren großer, massiger Körper sich wie ein Bergmassiv unter den Decken abzeichnete. Auf ihrem Gesicht verliefen die Spuren ihrer Tränen. Er dämmerte halb weg, versuchte aber, nicht richtig fest einzuschlafen. Binnen einer guten Stunde mußte er schon wieder aufstehen und zur Arbeit gehen. Er fühlte sich unruhig.

«Roza, hör mal», flüsterte er schließlich.

Sie öffnete sofort die Augen. Sie mochte Heimlichkeiten und gedämpfte Stimmen.

«Was hältst du davon, wenn wir aufstehen und deine Matratze nach unten tragen?» schlug er vor. «Dann kann sie in der Sonne trocknen, und Wiesje braucht sich nicht mehr aufzuregen.»

«Gut», sagte Roza. «Und wenn sie heute abend noch nicht trocken ist, schlafe ich heute nacht bei dir. Und nächste auch und überhaupt jede Nacht, bis Mama wieder zu Hause ist. Dann bist du nicht allein!»

Als die beiden polternd mit dem sperrigen Ding herunterkamen, saß Wiesje in der Küche. Sie hatte einen Bademantel angezogen und trank eine Tasse Nescafé. Mon sah an ihren Augen und dem zerknüllten Taschentuch auf dem Tisch, daß auch sie geweint hatte.

«Roza», sagte sie, «wir gehen gleich draußen deine Matratze mit Seifenlauge abwaschen, gründlich abspülen und mit einem Handtuch trockenreiben. Sonst bilden sich Kreise. Dann legen wir sie in den Wintergarten und drehen sie jede Stunde einmal um. Aber erst mache ich einen richtigen Kaffee und schmiere die Butterbrote für Papa.»

Kurze Zeit später saßen sie zu dritt am Frühstückstisch, als wäre nie etwas vorgefallen oder gesagt worden. Floras Stuhl war auffallend leer.

Flora hatte kein Auge zugetan, weil Mit, mit der sie sich das Zimmer teilte, wie ein betrunkener Hafenarbeiter schnarchte. Sie saß zusammen mit ihr, der Krankenschwester Rita und einem Mann namens Gust an einem Tisch im Speisesaal des Hotels. Sie trank Kaffee mit Bodensatz aus einer Suppenschüssel, aß ein Croissant und wünschte, sie wäre wieder zu Hause.

«Du schnarchst aber ganz schön», lachte Mit, «noch lauter als mein Mann.»

«Das mußt du gerade sagen!» spielte Flora den Ball zurück. «Ich dachte heute nacht, ich wäre im Sägewerk.»

«Die Croissants kriegen wir zu Hause nie so gut hin wie hier.» Mit schnitt ein weniger riskantes Thema an.

«Mir reicht auch ein normales Stück Weißbrot mit Marie-Thumas-Konfitüre», schnaufte Flora.

Der Reiseleiter gab bekannt, sie müßten sich innerhalb einer Viertelstunde auf dem Parkplatz beim Bus einfinden.

Um Viertel vor acht stieg Mon zu Hause auf sein Fahrrad, um zur Arbeit zu fahren, Flora saß im Bus, um die Vororte von Lourdes zu erkunden, und Roza und Wiesje standen schwesterlich mit alten Handtüchern über die Matratze gebeugt. Alle dachten sie aneinander.

Es wurde eine bedeutungsvolle Woche, in der vieles in Bewegung geriet, was im Laufe der Jahre eingerostet war. Roza machte noch zweimal ins Bett, doch der Schaden hielt sich in Grenzen, weil sie in weiser Voraussicht eine wasserdichte Unterlage zwischen Bettlaken und Matratze geschoben hatte. Sie holte Zeitschriften und Briefumschläge aus dem Altpapier im Keller und fuhrwerkte mit dem Locher drauflos, bis zwei Papiertüten voll Konfetti waren. Das beruhigte sie: Solange sie in ihre kindliche Betätigung versunken war, hatte sie sich selbst besser im Griff.

«Ich hätte nie gedacht, daß ausgerechnet Löcher einem Menschen so viel Halt geben können», sagte Wiesje, als sie die Stapel durchlöcherten Papiers sah. Mon gegenüber klagte sie ihr Leid mit den Großeltern. Sie wurden alt, kamen nicht mehr hinterher und sahen in ihr immer noch das kleine Mädchen, das sie früher einmal gewesen war. Und das, obwohl sie inzwischen sechsundzwanzig war.

«Wenn sich nicht bald etwas ändert, nehme ich mir ein Appartement in der Stadt», sagte sie herausfordernd. «Ich bin alt genug, und nach Arbeit werde ich dort nicht lange suchen müssen.»

Mon saß wie angenagelt auf seinem Küchenstuhl.

«Du solltest dir lieber einen Freund suchen und heiraten, anstatt dich über Moeke und Vader zu beklagen, nach allem, was sie für dich getan haben», sagte er.

«Ich hätte auch gerne einen Freund», dachte Roza laut. Das versetzte Mon einen neuen Schock. Er hatte es sich bisher nie bewußt gemacht, daß er gleich zwei Töchter im heiratsfähigen Alter hatte.

«Hör mir auf mit Männern, ich kann sie nicht mehr sehen!»

Aus Wiesjes Mund klang das etwas melodramatisch und paßte auch nicht recht zu Floras hellblauem Nylonkittel, den Wiesje zum Abwaschen angezogen und noch nicht zurückgehängt hatte.

«Und außerdem, Papa», fuhr sie, einmal in Fahrt gekommen, fort, «reibe ich dir nicht alles unter die Nase. Du hast sowieso keine Zeit für mich, du bist doch viel zu beschäftigt mit Mamas Liebling hier ...»

Roza lächelte, als Wiesje ihr bei diesen Worten kurz die Hand auf die Schulter legte.

«Ich habe nämlich schon mal einen Freund gehabt. Lucien. Der hat mich aber wegen einer anderen sitzenlassen. Obwohl wir sogar schon übers Heiraten gesprochen hatten, wohlgemerkt. Ich kann von Glück sagen, daß er mir kein Enkelkind für dich aufgehalst hat.»

«Ich gehe hinauf, noch ein bißchen Löcher machen», sagte Roza.

Männer, Heiraten, Enkelkinder: das war ein bißchen zuviel auf einmal für sie. Für Mon eigentlich auch, aber irgend etwas sagte ihm, daß er sitzen bleiben mußte.

«Aber Kind, davon habe ich gar nichts gewußt! Hast du denn nie mit Moeke über diese Frauensachen gesprochen? Oder vielleicht mit Flora?»

Wiesje blickte ihrem Vater geradewegs in die Augen und sagte sanft:

«Mit Moeke kann ich über solche Sachen nicht reden, Papa. Sie ist fast siebzig und fand es schon unanständig, wenn Lucien und ich mal Händchen hielten. Manchmal stellt sie sogar den Fernseher ab, wenn in einem Film eine Kußszene vorkommt, weil mich das ja auf schlechte Gedanken bringen könnte. Und Flora? Daß ich nicht lache! Was weiß die schon von Frauenangelegenheiten? Sie hat doch nur Augen und Ohren für ihre eigene Tochter. Und für ihr Geld. Dein Geld eigentlich! Und jetzt gehe ich nach draußen, weil ich nämlich gern eine Zigarette rauchen möchte, und wenn ich das hier drin tue, werden am Ende noch ihre Gardinen braun ...»

Es war, als hätte sie Mon mit einem Hammer auf den Kopf geschlagen, obwohl sie alles ganz ruhig gesagt hatte, ohne im geringsten die Stimme zu erheben. Trotzdem gingen ihm ihre Worte durch Mark und Bein. Er holte die Flasche Genever aus dem Küchenschrank und kippte drei Gläser nacheinander herunter.

Als sie wieder hereinkam, gab sie ihm einen flüchtigen Kuß auf die Wange.

«Tut mir leid, Papa!» sagte sie.

«Schon gut», sagte Mon.

Als sie wieder aus dem Zimmer war, schenkte er sein Glas noch einmal voll.

Durch die dünne Wand hindurch hörte er die Stimmen seiner Töchter, Wiesjes Geplapper und Rozas kurze, trockene Sätze. Gelegentlich kicherten die beiden, manchmal hoch, manchmal tief, wie in einem Lied. Mon überkam eine bis dahin ungekannte Wehmut beim Gedanken an die drei Frauen in seinem Leben, die ihm alle gleich unerreichbar schienen: Flora war in Lourdes, und seine beiden Töchter befanden sich in einer anderen Welt, auch wenn sie nur ein paar Meter von ihm entfernt waren. Wie wenig er doch von ihnen wußte!

Am nächsten Morgen war es Roza, die aufstand, um Kaffee zu machen und Mons Butterbrote zu streichen.

«Mein Bett war heute morgen trocken, Papa», teilte sie ihm mit, «und später werde ich auch heiraten und Kinder bekommen. Wiesje hat mir erzählt, wie das geht. Aber erst suche ich mir einen Freund.»

«Sprich da am besten erst mal mit deiner Mutter drüber. Danach steht mir so früh am Morgen nicht der Sinn.» Mon goß sich Kaffee in eine Thermoskanne.

Roza begleitete ihn im Schlafanzug nach draußen. Das Wetter war ungewöhnlich mild. Als er schon auf sein Rad gestiegen war, griff sie ihn am Ärmel.

«Papa», fragte sie, «hast du mich mit Mama auch so gemacht, wie Wiesje es erklärt hat?»

Mon lief feuerrot an. Und das um halb acht am Morgen.

«Ja», sagte er dann ohne Umschweife, «unter der Kuppel

im Wintergarten, an dem Abend, an dem deine Großmutter gestorben ist.»

Roza nickte. Sie übersetzte seine Worte in Bilder.

«Dann konnte Mama dabei die Sterne sehen», folgerte sie.

«Das kann man wohl sagen, daß sie Sterne gesehen hat», lachte Mon.

Er kniff ihr zärtlich in den Arm und verschwand, während er vor sich hinpfiff.

Roza schlurfte nach drinnen und sah sich im Wintergarten, wo sie also ihren Ursprung hatte, einmal gründlich um. Kinder machen und dabei die Sterne sehen: Sie hatte keine Ahnung gehabt, daß es so etwas gab. Aber Wiesje und ihr Vater hatten ihr jeweils ein Kapitel dieses seltsamen Märchens erzählt, und beide paßten genau zusammen.

Letzten Endes hatte Flora, von ihren Reisegefährten ermutigt, ihre Woche Lourdes doch genossen. Aber der schönste Moment war für sie dann derjenige, als sie mit ihrem gesamten Gepäck wieder in den Bus stieg, der sie zum Bahnhof bringen würde, wo der Wallfahrtszug auf sie wartete. Ein einziges Mal hatte sie zu Hause angerufen und einen leicht bedrückten Mon am Apparat gehabt. Die Stille zwischen ihnen hatte gerauscht wie ein Tannenwald, weil sie nicht die richtigen Worte finden konnten.

Vom Hauptbahnhof aus nahm sie der Sohn der Bäckersfrau mit, der seine Mutter in seinem Citroën DS abholen kam. Als der Wagen anfuhr, mußte sie daran denken, was für eine Schande es doch war, daß Mon, der Geld wie Heu verdiente, noch immer mit seinem alten Fahrrad zur Arbeit fuhr. Sein Mofa hatte er weggegeben, weil er lieber in die Pedale trat, als stillzusitzen. Sie waren die einzigen in der ganzen Straße, die noch kein Auto hatten. Sie würde Mon einmal darauf ansprechen, wenn sie wieder auf dem Damm war.

Roza flog ihrer Mutter im Wintergarten um den Hals, und noch bevor sie einander wieder losgelassen hatten, sagte sie, sie wisse Bescheid.

«Worüber denn?» fragte Flora.

«Daß du mich hier gemacht und dabei Sterne gesehen hast», sagte Roza und deutete nach oben.

Ihre Mutter hatte die ganze Nacht kaum geschlafen, und so drang der Sinn dieser Worte nicht zu ihr durch. Wiesje, die in der Türöffnung der Küche stand, begriff es jedoch und brach in Gelächter aus.

«Das hätte ich nun wirklich nicht von dir gedacht, Flora, und von Papa noch weniger. Das ist ja richtig romantisch! Nimm mir bitte nicht übel, daß ich deine Tochter aufgeklärt habe. Sie wußte noch von nichts!»

«Was ist das denn für ein Empfang?» Flora war unerwartet auf etwas gestoßen worden, was sie tief in sich vergraben hatte. Wie kam Mon nur darauf, seinen Töchtern so etwas zu erzählen!

Abends hatte sie es schon wieder vergessen. Sie aßen Steak mit Pommes frites, und anschließend verteilte Flora die Geschenke. Für Roza hatte sie ein fluoreszierendes Marienbildchen mitgebracht. Wenn man es unter eine Lampe hielt, glühte es anschließend grünlich im Dunkeln. Wiesje bekam eine gläserne Kugel, in der die Heilige Jungfrau Maria eingeschneit wurde, wenn man sie schüttelte, und außerdem einen Umschlag mit dem Rest des französischen Geldes. Das durfte sie selbst umtauschen und den Gegenwert zum Dank für die erwiesenen Dienste behalten. Praktischerweise mußte Flora dann auch nicht selbst zur Bank gehen, was sie so sehr verabscheute. Mon bekam einen echten Franzosenhut und zwei Flaschen französischen Wein, die Hausmarke des Hotels.

«Wenn das mal kein *Chateau Migraine* ist», lachte er. «Ich werde euch am Sonntag zum Essen eine Flasche kredenzen.»

Sich selber hatte Flora eine kleine Plastikflasche voll heiligem Wasser mitgebracht, eigenhändig an der Quelle gezapft. Darauf saß ein kupferfarbener Verschluß von der Größe eines Schnapsglases, der auch tatsächlich als Trinkbehältnis gedacht war. Sie schenkte ihn halb voll und setzte ihn vorsichtig auf einem Korkuntersetzer ab. Während Mon und Wiesje ein Trappistenbier tranken und Roza ihre Limonade herunterkippte, nippte sie an ihrem Weihwasser. Sie erzählte ausführlich von der Lichterprozession und dem Bad mit eiskaltem Wasser, in dem die Gebrechlichen untergetaucht wurden. Wunder hatte sie keine gesehen, nein. Aber genug Elend für den Rest ihres Lebens.

«Und darum dachte ich gerade, als Mits Sohn mich hier mit seinem Citroën abgesetzt hat, daß wir uns langsam auch mal ein Auto anschaffen sollten, Mon.» Sie wollte den Stier bei den Hörnern packen. «Dann könnten wir mal ans Meer fahren oder deine Eltern sonntags auf eine kleine Spritztour mitnehmen. Wir sollten unser Leben mehr genießen und ab und zu ein bißchen rauskommen.»

«Du liebe Güte, Flora, das ist nun schon das zweite Mal heute, daß du mich verblüffst», sagte Wiesje. «Erst der Sternenhimmel und jetzt plötzlich diese Abenteuerlust.»

Flora ging darauf nicht ein. Sie wollte sich schlafen legen, sie war müde. Ihr Fläschchen mit heiligem Wasser nahm sie mit. Sie stellte es in ihr Nachtschränkchen zu ihrer gutgefüllten Hausapotheke, als Erste Hilfe bei Notfällen. Als Mon sich neben sie ins Bett legte, fiel ihr Wiesjes Bemerkung wieder ein. Sie wollte schon darauf zu sprechen kommen, hielt sich dann aber zurück. Lieber keine schlafenden Hunde wecken.

«Ich bin todmüde und fühle mich gar nicht gut, Mon. Die ganze Woche über war mir schon übel», sagte sie gähnend. Trotzdem kuschelte sie sich an ihn. Keine fünf Minuten später war sie eingeschlafen, den Kopf in seiner Achselhöhle. Ihm fiel auf, wie mager sie geworden war und wie bleich ihr Gesicht aussah.

Die Reise hatte Flora verändert. Etwas Fiebriges, Gehetztes hatte sich in ihr Tun und Lassen geschlichen. Jeden Abend kam sie auf das Auto zu sprechen, sie hatte sich geradezu darin verbissen. An der Tankstelle hatte sie sogar schon eine Straßenkarte gekauft. Mit einem von Rozas roten Filzstiften umkringelte sie nun alle Orte, die sie sehen wollte. Das Meer natürlich, die Ardennen, Bokrijk, Scherpenheuvel, vielleicht sogar einmal das holländische Efteling, das mit seinem Märchenpark gerade noch ganz am Rand der Karte zu finden war. Das wären alles schöne Ziele für den nächsten Sommer, sagte sie träumerisch.

«Aber es ist doch schon fast Sommer», protestierte Mon. «Gib mir doch wenigstens etwas Zeit, mich in Ruhe umzuschauen. Von meinen Kumpeln auf der Arbeit höre ich es immer wieder: Wenn man einen Gebrauchtwagen nicht genau auswählt, sitzt man am Ende mit den Problemen da, die andere Leute loswerden wollten.»

All die roten Kreise auf der Landkarte, die öfter, als ihm lieb war, aufgeschlagen auf dem Küchentisch lag, machten ihn nervös. Er konnte zwar mit dem Kleinlaster vom Betrieb herumkurven, doch das spielte sich immer auf bekanntem Terrain ab, höchstens ein Dorf weiter. Bergauf und bergab zu zuckeln, in La Roche oder in Blankenberge am Sonntag einen Parkplatz zu finden, das war doch eine ganz andere Geschichte. Schon bei dem bloßen Gedanken daran brach ihm der Schweiß aus.

«Wieso ist das mit dem Auto überhaupt so dringend? Du tust ja gerade so, als hätte dein letztes Stündlein geschlagen!» sagte er verärgert, als sie wieder davon anfing. Flora antwortete nicht. Er fragte, wann sie endlich einmal zum Arzt gehen würde.

«Seit du aus Lourdes zurück bist, siehst du so bleich und abgemagert aus», sagte er. «Das ist nun drei Wochen her. Jetzt kann das doch nicht mehr von der Erschöpfung kommen.»

«Laß uns eine Abmachung treffen», antwortete Flora. «Sobald du für ein Auto gesorgt hast, gehe ich zum Doktor.»

Mon wußte nicht, ob er über diese eigenartige Form der Erpressung lachen oder wütend werden sollte.

«Ich werde morgen zum Sohn meines Chefs gehen, der hat eine Werkstatt und verkauft auch Autos», versprach er.

Eine Woche später kaufte er einen Lancia, grau-metallic, fünf Jahre alt und mit nur sechzigtausend Kilometern auf dem Zähler. Flora gab ihm fünfundzwanzigtausend Belgische Francs, so daß er in bar bezahlen konnte. Ihr Deodorant hatte wieder einmal nicht ausgereicht, den muffigen Kellergestank der Banknoten zu vertreiben.

«Wo bewahrst du bloß immer unser Erspartes auf, Flora?»

 fragte er mit gerümpfter Nase. «Man könnte fast meinen, es komme direkt aus der Kanalisation.»

«Hast du denn etwa schon vergessen, daß sie am hellichten Tag vorne am Eck eingebrochen sind und sämtliches Geld und die Schuldbriefe aus den Schlafzimmerschränken haben mitgehen lassen? Da sehen die Diebe nämlich immer zuerst nach, also lege ich es woandershin. Wo sie es nicht so schnell finden können.» Es klang triumphierend.

«Leg es doch eine Nacht nach draußen zum Auslüften», schlug Roza vor, die schon befürchtete, der Traum vom Auto würde in letzter Sekunde noch platzen.

«Natürlich, am besten auf die Matte vor die Tür, was? Damit es der Milchmann morgen früh gleich mitnimmt», sagte Flora. «Man sagt zwar immer, daß Geld nicht stinkt. Nun, unseres stinkt eben doch! Trotzdem ist es genausoviel wert wie jedes andere!»

«Ich gehe am besten jetzt gleich bezahlen», sagte Mon. «Begleitest du mich, Roza? Es ist ein schöner Abend. Bald ist schon der längste Tag des Jahres. Komm doch mit, dann kannst du unser Auto schon mal sehen.»

Roza konnte Fahrradfahren eigentlich nicht ausstehen, genausowenig wie alles andere, was sie ermüdete. Doch die Aussicht, sich die Neuanschaffung ansehen und vielleicht sogar kurz darin sitzen zu dürfen, beflügelte sie. Schon lief sie zum Schuppen.

«Und ich werde gleich morgen früh zum Doktor gehen», versprach Flora noch, bevor Mon hinter seiner Tochter herging.

Als er am nächsten Abend von der Arbeit nach Hause kam, traf er Flora nicht wie gewohnt am Küchentisch an. Er nahm sich ein Bier aus dem Kühlschrank und sah darin eine kalte Platte stehen: in Schinken gerollter Spargel, hartgekochte Eier, Salat und eine Schüssel mit kalten Kartoffeln. War sie weggegangen und hatte im voraus etwas für ihn zubereitet? Als er in den Garten ging, fiel ihm auf, daß es höchste Zeit war, Unkraut zu jäten und die Hecken zu stutzen. Er ging in Richtung des Gezwitschers in der Stechpalme und kam zu dem versteckten Fleckchen bei der Grotte. Flora saß auf der kleinen Holzbank und starrte mit leerem Blick die mit grüner Patina überzogene Marienstatue an. Er setzte sich neben sie, und ohne aufzublicken, sagte sie:

«Der Doktor hat nicht viel Hoffnung. Und ich eigentlich auch nicht, Mon.»

Er antwortete, daß sie schon nächste Woche ans Meer fahren könnten, wenn sie wollte. Das Nummernschild wäre in wenigen Tagen da.

Teil IV

Die Krankheit

Die kommenden Jahre standen im Zeichen von Floras Krankheit, die selbst der Doktor nicht beim Namen nannte. Nach zwei neuen Operationen verzweigte sich die Landkarte auf ihrem Bauch zu einem ganz neuen Muster. Die Bestrahlungen hinterließen graubraune Spuren auf ihrer geschundenen, papierdünnen Haut. Manchmal schien es, als beherberge sie in ihrem Bauch ein Nest voller Ratten, das sich langsam von innen nach außen fraß. Ihren fünfzigsten Geburtstag feierte Flora mit einer Echthaarperücke auf dem Kopf. Ein Prachtexemplar, das sie sich selbst zunächst nicht hatte gönnen wollen, doch über Wiesjes Friseursalon hatte sie einen Preisnachlaß bekommen.

«Ich will nicht, daß meine Stiefmutter mit so einem Nylonteil herumläuft, das erkennt man doch schon auf fünf Kilometer Entfernung», hatte Wiesje gesagt.

Gefeiert wurde im kleinen Kreis, denn die Verwandtschaft dünnte langsam, aber merklich aus. Tante Marcella, hochbetagt, aber, so sagte sie selbst, «unverwüstlich» wie die Autoreifen von Michelin, führte das große Wort. Die wenigen Onkel, die noch übriggeblieben waren, tranken schweigend ihr Bier oder einen Schnaps und ließen die neumodischen Häppchen links liegen. Erdnüsse waren aus der Mode gekommen, aber die hätten sie mit ihren Kunstgebissen sowieso nicht mehr zermahlen können. Käsewürfel mit einer halben Traube oder einem Stückchen Ananas auf kleinen Spießen: das alles war Unfug, für den sie zu alt geworden waren. Roza hatte sie in einem raffinierten Arrangement in halbierte, in Silberpapier gewickelte Stücke Rotkohl gesteckt. Das hatte sie entdeckt, als sie die Kochrubrik der *Libelle* lochte. Rita, die Gemeindeschwester, die seit der Lourdes-Reise und später wegen ihrer berufsbedingten Besuche bei Flora zur Freundin des Hauses geworden war, fragte Roza, ob sie nicht bei dem Fest zu ihrer goldenen Hochzeit helfen wolle.

«So eine originelle Idee, das mit dem Kohl», sagte sie, «das kannst du dann auf meiner Feier auch machen. Und was ist denn da alles auf den Toasts?»

Sie setzte ihre Lesebrille auf, um die verschiedenen Aufstriche zu identifizieren.

«Ich kann auch gefüllte Datteln», sagte Roza, «und Gurkenschiffchen.»

«Aber Kind, wo hast du das nur alles gelernt?» flötete Rita.

«Überall», antwortete Roza.

«... wo die Mädchen sind, da spielt die Musik», sangen zwei der Onkel im Kanon.

«Wenn Roza so etwas nur ein einziges Mal auf einer Feier oder in einer Zeitschrift zu sehen bekommt, dann kann sie es auf Anhieb nachmachen. Ich besorge die Zutaten, lege sie in der richtigen Reihenfolge zurecht, und sie macht etwas daraus.» Flora klang stolz.

«Wenn wir heiraten, dann darfst du auch bei den Vorbereitungen helfen. Am Hochzeitstag selbst natürlich nicht, da mußt du mit uns feiern!» Wiesje blickte von Roza zu ihrem Freund Lucien, mit dem sie nach einigen Turbulenzen wieder zusammengekommen war. Sie hatte den ganzen Abend lang seine Hand noch nicht losgelassen, auch nicht, als sie mit der anderen Hand Käsespieße aus den Kohlhälften gezogen hatte.

Das faszinierte Roza. So also sah die Liebe aus: einander bei den Händen halten, geheimnisvolle Blicke austauschen und eine Tonlage höher als gewöhnlich sprechen. Nachdem Wiesje sie aufgeklärt hatte, hatte sie sich schon einmal umgesehen, ob nicht jemand als Freund für sie in Frage käme. Doch sie hatte nicht gewußt, worauf sie achten sollte, und vor allem nicht, woran man merkt, daß die Liebe angefangen hatte. Also hatte sie die ganze Idee wieder aufgegeben. Jetzt, da sie sah, wie Wiesje sich an dem schmächtigen Lucien festklammerte, erwachte indes ein verborgenes Verlangen in ihr.

Als die letzten Gäste gegangen waren, war Flora todmüde. Sie ging direkt nach oben, mit Mon im Schlepptau. Beim Abschiednehmen hatte er gesehen, wie schwach sie auf den Beinen war, und als sie nun vor ihm die Treppe hinaufstieg, schien es, als wäre sie schwerelos. Roza stapelte Teller und Gläser übereinander, räumte halbvolle und leere Flaschen auf und warf Zigarettenstummel, Plisseepapierchen und Servietten in den Abfalleimer. Was an Toasts, Käsewürfeln und Paprikachips übriggeblieben war, aß sie auf, während sie sich am Küchentisch breitmachte. Wiesje und Lucien hatten sich einen Kuß gegeben, bevor sie in sein Auto gestiegen waren. Einen, der etwas länger gedauert hatte, wie im Film. Kein

Wort hatten sie vorher miteinander gewechselt, und doch hatten sie einander im selben Moment die Gesichter zugewandt und dabei die Köpfe ein wenig schief gehalten. Genau in die richtige Richtung. Vielleicht war das ja das Geheimnis der Liebe: daß man an nichts zweifelte und genau wußte, was als nächstes kam.

Zwischen den Behandlungen und während der Genesungsphasen unternahmen sie zu dritt Spritztouren mit dem Auto. Systematisch arbeiteten sie alle roten Kreise ab, die auf der Karte eingezeichnet waren. Wenn sie eines der Ausflugsziele hinter sich hatten, malte Flora ein grünes Kreuz über den kleinen roten Kreis. Sie machten zehn Tage Urlaub am Meer, und im Jahr darauf unternahmen sie mit dem Reiseclub *Die Globetrotter*, einer weltlichen Abspaltung der *Freunde von Lourdes*, eine Kreuzfahrt auf dem Rhein. Die Gemeindeschwester Rita und ihr Mann waren auch mit von der Partie. Mon machte etliche Dias und schätzte sich glücklich, daß sie ihre altmodische Blumentapete gegen eine einfache weiße eingetauscht hatten. Die Kirchtürme, die Dünen und Ufer, aber auch die Eisbecher und die gefüllten Gläser auf einer Caféterrasse: Noch viele Male ließen sie ihre Urlaube an der Ostwand des Wohnzimmers wieder aufleben. Der kleine Nagel, an dem ihr Hochzeitsfoto hing, das während der Vorstellung aufs Büfett gelegt wurde, war ein fester Orientierungspunkt in der wechselnden Landschaft. Nach jeder Vorstellung, ob mit oder ohne Publikum, sagte Flora:

«Was bin ich froh, daß ich das alles noch erleben durfte.» Worauf Mon stets zur Antwort gab: «Und du wirst noch viel mehr erleben. Das nächste Mal nehmen wir den Flieger nach Spanien. Oder nach Marokko!»

 Roza wurde ein beliebter Gast auf Hochzeiten und Partys.

Sie bestrich endlose Reihen Schnittchen und Brötchenhälften, die sie mit Käse und Aufschnitt belegte und mit einer Walnuß, einer Olive oder Kirsche krönte. Sie lernte, wie man aus einer Salatgurke einen Drachen schnitzt, der im aufgesperrten Maul eine gespaltene Zunge aus rotem Paprika hat und auf dem Rücken Cocktailstäbchen mit bunten Häppchen. Der Drachen war ihre Erfolgsnummer, gefolgt von den mit Kräuterkäse gefüllten Selleriestauden, die sie wie Sonnenstrahlen um eine halbe Orange drapierte.

Roza führte aus, was ihr aufgetragen wurde. Akkurat, mit gemessenen Bewegungen und stets pünktlich. Auf solchen Festen gab es immer irgendwelche Mütter oder Tanten, die vorher die Einkäufe erledigten und Rozas Kreationen auf den Tischen des Festsaals auslegten – in neun von zehn Fällen war es das Gemeindehaus. Für den Drachen und die Sonne hatte Roza meist selbst zuvor telefonisch ihre Bestellung aufgegeben. Wenn am Ende alles auf Schalen angerichtet war, achtete sie wie ein Gefängniswärter darauf, daß niemand einen Käsewürfel oder eine Traube stibitzte. Wenn Not am Mann war, servierte sie ihre Kreationen auch selbst. Doch das tat sie nicht gern; die Schalen waren zu schwer, und die Bänder der weißen Schürzchen waren immer ein bißchen zu kurz für ihre breiten Hüften.

Am meisten freute sie sich auf den Moment, wenn sie in den Festsaal gerufen wurde, um die verdienten Komplimente entgegenzunehmen. «Ein Toast auf unsere Küchenfee», riefen Braut oder Bräutigam ins Mikrofon. Dann brach ein tosender Applaus aus, der manchmal von Fußgetrappel und Begeisterungsrufen begleitet wurde.

Roza bekam davon immer Herzklopfen. Sie fühlte sich wie eine berühmte Filmdiva und wurde gleichzeitig vor lauter Verlegenheit rot bis über beide Ohren. Wenn der Applaus abgeebbt war, schlenderte sie nach Lust und Laune von einem Tisch zum anderen. Hier und da erklärte sie das Geheimnis ihres Drachens, ansonsten trank sie Limonade oder Cola, daß es in ihrem Inneren nur so brauste. Manchmal tanzte sie mit einem der Männer mittleren Alters, nachdem deren Frauen sie dazu aufgefordert hatten.

Mon kam sie jedesmal abholen. Stocknüchtern und falsch gekleidet, stahl er sich in den Festsaal hinein, wo er auffiel wie ein bunter Hund. Manchmal, wenn man ihn freundlich darum bat, blieb er noch auf ein Bierchen. Einmal wurde Damenwahl ausgerufen, während er am Tisch bei den Brauteltern saß. Mon sträubte sich ganz kurz, als seine Tochter vor ihm stand, ließ sich dann aber von ihr auf die Tanzfläche führen. Rozas weiße Bluse leuchtete im Neonlicht. Sie hielt die Augen geschlossen, doch er konnte durch die geschlossenen Lider hindurch das Lächeln in ihren Augen sehen.

Auf dem Heimweg zählte sie laut die Scheine in dem Umschlag, den man ihr zugesteckt hatte. Sie fühlte sich in jeder Hinsicht reich: Sie verdiente Geld, hatte regelmäßige Abendunterhaltung, die wie für sie gemacht war, und Mon kam sie jedesmal abholen. Manchmal unternahmen sie zusammen eine nächtliche Spritztour, einmal bis zur Autobahn und am Waldrand entlang wieder zurück. Die Scheinwerfer des Lancias streiften die Bäume, die Reifen sausten über den Asphalt, die Welt raste blitzschnell an ihnen vorbei. Wenn Roza sich erkundigte: «Schläft Mama schon?», wußte Mon, daß sie allmählich unruhig wurde und nach Hause wollte.

Flora lag meistens schon im Bett, erlaubte sich aber nicht einzuschlafen, bevor ihre Tochter heimgekehrt war. Jedesmal setzte Roza sich für einen Moment an den Rand ihres Bettes, um zu erzählen, wie es gewesen war. Und um ihr Geld abzuliefern.

Als Gemeindeschwester versorgte Rita Floras Wunden und jagte ihr Spritzen in die durchstochene Haut. Als Freundin schaute sie regelmäßig kurz vorbei, um ihr Mut zuzusprechen oder etwas, was der Doktor gesagt hatte, in Normalsprache zu übersetzen. Sie wurde ein gerngesehener Gast. Flora hatte noch nie eine richtige Freundin gehabt. Es dauerte eine ganze Weile, bis sie nicht mehr das unbestimmte Gefühl hatte, Mon untreu zu werden, wenn sie mit Rita über ihre Schmerzen und Beschwerlichkeiten redete. Obgleich sie ihrem Mann nie ihr Herz ausgeschüttet hatte, wußte sie genau, daß er verstand, was sie durchmachte. Im Laufe der Jahre waren sie füreinander ein offenes Buch geworden.

Flora konnte einiges ertragen, ihre Schmerzgrenze lag ziemlich hoch. Was sie erschöpfte, war die Angst. Was sollte aus Mon und Roza werden, wenn sie nicht mehr da war? Wer würde sich um wen kümmern, wenn es mit ihr bergab ging?

Auch wenn Flora über solche Dinge nicht sprach, war Rita nicht blind. Sie stand schon seit Jahren an Krankenbetten, über deren Laken die Todesangst schwebte.

An einem dieser wehmütigen Herbstmittage, als sich der feine Nebel draußen nicht lichten wollte, fand Rita, der geeignete Augenblick sei gekommen, um einmal ernsthaft mit Flora zu reden.

«Als Freundin, nicht als Krankenschwester», sagte sie, indem sie einen Stuhl ans Bett schob. Flora saß frischgewaschen und in ein sauberes Nachthemd gekleidet in den Kissen. Sie war nur noch ein Schatten ihrer selbst.

In der Küche hörten sie Roza mit Töpfen und Pfannen klappern, als wäre eine ganze Kompanie im Anmarsch.

«Hör mal, Flora», begann Rita. «Ich hoffe, du verstehst das jetzt nicht falsch. Ich meine es gut mit dir und will dir bloß helfen. Aber du bist doch sicher auch der Ansicht, daß wir ein wenig an die Zukunft denken müssen ...»

Flora schossen Tränen in die Augen.

«Willst du damit sagen, daß ich sterben werde?» fragte sie.

«Aber nein, wo denkst du hin? Du wirst noch Jahre leben.»

Rita lachte laut, und Flora war beruhigt. Für einen Moment.

«Ich wollte mit dir über Roza sprechen», fuhr Rita ernst fort.

«Ich mache mir so viele Gedanken über sie. Sie ist jetzt weit über zwanzig und hat sicher ihre Qualitäten. Ganz bestimmt! Sie hilft mir dabei, dich zu versorgen, fast wie eine richtige Krankenschwester, sie wird auf all die Feiern eingeladen, weil sie ein Händchen für das Essen hat, sie hält hier den Haushalt am Laufen ...»

«Was für Gedanken machst du dir also?» Flora hatte sich halb aufgesetzt. Ihre Züge hatten sich verhärtet.

Rita wußte, wie überempfindlich ihre Freundin reagieren konnte, wenn es um ihre Tochter, ihren Augapfel, ging. Mit Bedacht wählte sie ihre Worte.

«Was ich meine, Flora, ist, daß du Roza vielleicht manchmal unterschätzt, und auch, daß du sie zu sehr behütest. Und nicht nur du, sondern auch Mon. Natürlich mit den besten

Absichten. Du liebst sie und willst nicht, daß ihr etwas passiert. Aber ich habe sie kürzlich auf der Silberhochzeit der Cuypers beobachtet. Erst hat sie ihre Arbeit erledigt, hat etliche Pastetchen gefüllt und Toasts geschmiert, und anschließend hat sie sich gut amüsiert. Fast hätte sie sogar die Reise nach Jerusalem gewonnen. Sie platzte fast vor Stolz.»

Rita sah, wie Floras Augen sich zu kleinen Spalten verengten und sie die Hände zu Fäusten ballte. Also beeilte sie sich, zum Punkt zu kommen.

«Was ich eigentlich sagen wollte, ist, daß Roza meiner Meinung nach viel mehr Möglichkeiten hat, als ihr glaubt. Mit ein wenig Betreuung könnte sie vielleicht einen Beruf erlernen, vielleicht auch mit Leidensgenossen zusammenwohnen. Später, meine ich, wenn sie älter wird. Heutzutage gibt es da viele Möglichkeiten, und ich würde dir selbstverständlich helfen, die einmal unter die Lupe zu nehmen.»

Die Stille, die darauf folgte, lag so drückend im Raum, daß es für Rita fast unerträglich wurde. Ihr wurde abwechselnd heiß und kalt. Rote Flecken krochen unter dem Kragen ihrer weißen Kittelschürze hervor.

Flora wischte sich heftig mit einem Taschentuch über die Augen und stopfte es danach in ihren Ärmel.

«Ich habe mir schon gedacht, daß du es schwernehmen würdest, Flora», beruhigte die Freundin sie, «es als Kritik auffassen würdest. In meinen Augen bist du die beste Mutter, die es gibt. Ich kenne niemanden, der sich so für sein Kind aufgeopfert hätte wie du. Aber du wirst nicht ewig leben und Mon auch nicht. Und außerdem – die Zeiten haben sich geändert. Wir leben im Jahr 1976. Frauen wie Roza werden schließlich nicht mehr in einen Kerker weggesperrt, mit einer Kette ums Bein, bei Wasser und Brot. Es gibt Einrichtungen, in denen sie sich zu Hause fühlen könnte, wo sie immer in guter Gesellschaft wäre.»

Flora schnaubte wie ein ausgewachsener Stier, während sie klein und verletzlich wie ein Kalb in ihrem Bett saß.

«Unter ihren Artgenossen, meinst du wohl!»

«Soll ich Roza bitten, uns einen Kaffee zu machen? Dann kannst du dich ein bißchen beruhigen und das alles erst mal verdauen», schlug Rita ihr entgegenkommend vor.

Flora schluchzte. Doch als sie wieder sprach, war ihre Stimme eisig.

«Als Krankenschwester müßtest du eigentlich wissen, daß Kaffee mich nicht beruhigt. Im Gegenteil, um diese Uhrzeit bekomme ich Herzrasen davon. Und als Freundin müßtest du wissen, daß du mir mit dem Unsinn, den du hier erzählst, auf der Seele herumtrampelst. Früher, als Roza noch zur Schule ging, haben sie auch schon versucht, sie mir wegzunehmen, um sie irgendwo unterzubringen. Ich habe das nicht zugelassen, weil ich als ihre Mutter sehr gut weiß, daß sie es nirgends so gut gehabt hätte wie zu Hause. Bei mir, bei uns. Und habe ich etwa nicht recht behalten? Du sagst doch selbst, daß sie so begabt ist. Nun, alles, was sie kann, hat sie von mir gelernt und von Mon. Roza kann nicht ohne uns und wir nicht ohne sie. Wie es nach unserem Tod weitergeht, werden wir dann schon sehen. Es gibt ja schließlich auch noch Wiesje.»

«Flora, du mußt realistisch bleiben», versuchte Rita es noch einmal. «Wiesje ist inzwischen verheiratet, hat ein Kind und erwartet ihr zweites. Die hat sicher andere Dinge zu tun, als sich um ihre Halbschwester zu kümmern.»

«Wir reden ja auch nicht über heute oder morgen, stimmt's?» antwortete Flora schnippisch. «Übrigens, Roza kann sehr gut mit Kindern umgehen. Sie könnte Wiesje eine große Hilfe sein, wenn sie selbst nach einer Weile wieder arbeiten geht. Du hast mich tief gekränkt, Rita. Ich weiß nicht, ob ich mit jemandem befreundet bleiben kann, der mir meine Tochter wegnehmen will. Oder der denkt, daß es ihr in einem Heim besserginge als zu Hause bei ihrer Mutter.»

«Aber Flora, jetzt übertreibst du! Denk doch mal in Ruhe darüber nach, rede mal mit Mon darüber. Vielleicht kannst du dir mit Roza zusammen ja auch einmal so ein Heim anschauen, ganz unverbindlich. Ich kann dir eines empfehlen, das bald einen Tag der offenen Tür hat, nicht allzu weit entfernt und ...»

«Tag der offenen Tür!» schrie Flora. Plötzlich stand sie neben dem Bett, rauschte wie ein Wirbelwind an Rita vorbei und riß die Schlafzimmertüre sperrangelweit auf.

«Hier hast du deinen Tag der offenen Tür. Laß mich in Ruhe, und mach, daß du wegkommst!»

«Ich rufe dich morgen noch mal an, Flora. Das war nun wirklich nicht meine Absicht. Bitte, leg dich wieder hin und beruhige dich», rief Rita noch von der Treppe aus.

Bestürzt nahm sie ihre Jacke von der Garderobe. Roza kam mit einem Holzlöffel in der Hand aus der Küche.

«Warum macht Mama so viel Lärm?» wollte sie wissen.

«Weil ich etwas Falsches gesagt habe, glaube ich.» Ritas Stimme stockte.

«Macht nichts. Heute abend gibt es Makkaroni mit Käse und Schinken, das mag sie gerne. Dann geht es bestimmt von selbst wieder vorbei.»

Roza hatte für alles eine passende Lösung parat. Das mußte Rita zugeben.

Drei-, viermal unternahm sie noch den Versuch, sich wieder zu versöhnen. Sie rief an und kam sogar mit einem großen Strauß Blumen. Aber Flora war unerbittlich.

«Sag einfach, daß ich nicht zu Hause bin», beauftragte sie Roza.

«Ich soll von Mama ausrichten, daß sie nicht zu Hause ist. Ich darf dich nicht hereinlassen», sagte Roza zu den Chrysanthemen.

«Wo ist sie denn?» fragte Rita.

«Sie liegt natürlich in ihrem Bett. Gib die Blumen ruhig mir», sagte Roza und schlug die Haustür zu. Ein einziges kleines Loch war in die Karte gestanzt, wie Roza sofort auffiel – genau über den Buchstaben. «Es tut mir leid», las sie vor sich hin murmelnd.

Als sie sich keinen Rat mehr wußte, suchte Rita eines Sonntag nachmittags Mon auf. Sie erzählte, sie hätte Flora nur helfen, sie entlasten wollen, indem sie ihr mögliche Lösungen für die Zukunft aufgezeigt habe. Mit Frauentränen konnte Mon jedoch nicht umgehen. Es gelang ihm gerade noch rechtzeitig, sie zur Tür hinauszubugsieren, bevor Flora aus ihrem Mittagsschlaf erwachte.

«Habe ich unten Stimmen gehört, oder habe ich das bloß geträumt?» fragte sie, als Mon ihr ihre Tropfen brachte.

«Das hast du bloß geträumt. Da war niemand», log er.

Rita setzte nie wieder einen Schritt in Floras Haus. Unter die kurze Freundschaft zwischen den beiden Frauen wurde ein dicker Schlußstrich gezogen. Darin war Flora unnachgiebig. Wer an ihren Gefühlen für ihr Kind rührte, traf sie an ihrer empfindlichsten Stelle. Wer ihr ihre Tochter wegnehmen wollte, bekam es mit einer Flora zu tun, die nur wenige kannten: einer Tigerin, die ihre Krallen ausfuhr und ihre Zähne zeigte.

Als sich ihre Wut gelegt hatte, schöpfte sie aus dem Vorfall sogar neue Energie. Sie erholte sich, ging wieder ihren Gewohnheiten nach und wehrte Fragen zu ihrer Gesundheit konsequent ab. Es vergingen Jahre, bis die Krankheit sich wieder bemerkbar machte. Nach einem kleinen Eingriff kam eine neue Gemeindeschwester ins Haus, um sich um Flora zu kümmern. Sie hieß Esther, und sie sah sehr jung aus in ihrer Uniform. Sie schlug die Decken zurück, öffnete Floras Pyjamajacke und schnaufte einmal tief durch. Dann fing sie an, langsam in ihrem Köfferchen zu kramen.

«Das mußt du anders machen», sagte Roza, die am Schlafzimmerfenster stand. «Erst mußt du alles hinlegen und dann ihren Bauch freilegen. Sonst schlägt ihr die Kälte auf die Blase.»

«Wen haben wir denn da, einen Doktor? Bist du schon lange fertig mit dem Studium?» fragte Esther, während sie einen sterilen Verband aus der Verpackung nahm.

Roza strahlte vor Stolz, da ihr der höhnische Unterton entging.

Flora, die bisher stumm gelitten hatte, öffnete die Augen und sagte:

«Aber Roza hat recht. Du machst das besser in einer anderen Reihenfolge. Ich bin sehr kälteempfindlich an meinen Narben.»

Das nächste Mal machte Esther es aber wieder genauso, so langsam, daß Flora eine Gänsehaut auf ihrer Landkarte bekam. Roza setzte schon dazu an, etwas zu sagen, doch ihre Mutter gab ihr mit einem Blick zu verstehen, daß sie schweigen sollte. Sobald sie aber hörte, wie die Schwester draußen ihren kleinen Renault startete, rief sie das Rote Kreuz an und sagte, sie bräuchten Esther fortan nicht mehr zu schicken.

«Aus persönlichen Gründen», sagte sie in den Hörer. Sie hatte nicht die Kraft, es zu erklären.

«Übrigens», ergänzte sie noch, «Sie brauchen überhaupt niemanden mehr zu schicken. Roza wird das ab jetzt übernehmen. Sie kennt es nun schon seit Jahren und weiß genau, was zu tun ist. Und wenn wir über irgend etwas im Zweifel sind, können wir noch immer den Doktor fragen.»

«Was hältst du davon, Roza?» fragte sie.

«Ja, Mama. Ich werde mich um dich kümmern», antwortete Roza.

Tante Marcella konnte nicht mehr nähen, und in dem Fachgeschäft für Arbeitsbekleidung führte man Rozas Größe nicht. Glücklicherweise kannte Flora noch jemanden von der Lourdes-Reise, der Ausbesserungsarbeiten für ein Bekleidungsgeschäft ausführte und sich bereit erklärte, zwei Uniformen anzufertigen. Roza wollte in Weiß gekleidet sein, wie eine richtige Krankenschwester, wenn sie mit Kübeln warmen Wassers, Salben und Verbänden beschäftigt war. Jedesmal, wenn Flora Rozas vorsichtige Hände auf ihrer geschundenen Haut spürte, triumphierte sie. Nicht auszudenken, wenn sie nun Körbe flechtend und Mosaiksteinchen ordnend, in einem dieser modernen Heime säße, während in ihr doch so eine hingebungsvolle Krankenschwester steckte. In einem abgegriffenen Kunstbuch aus der Krankenhausbibliothek hatte sie gelesen, wie Michelangelo seine Engel aus einem Marmorblock herausarbeitete. Er sagte, die Engel hätten schon immer darin verborgen gesteckt, er würde sie nur aus dem rauhen Material befreien. Sie verstand nichts von Kunst, aber auf ihre Art fühlte sie sich selbst wie ein Michelangelo: Es gelang ihr immer wieder, einen Engel aus der grobschlächtigen Hülle ihrer Tochter zum Vorschein kommen zu lassen.

In den Phasen, in denen es Flora besserging, wurde Rozas weiße Kittelschürze allerdings ebenso an den Nagel gehängt wie ihre so spät entdeckte Berufung zur Krankenschwester. Dann hatte sie wieder genügend Zeit, sich in ihr Zimmer zurückzuziehen, wo sie inzwischen ihr Konfetti in Tupperdosen aufbewahrte. Noch immer liebte sie es, ihre Hände in den Schnipseln zu vergraben, sie wie Sand durch ihre Finger rieseln zu lassen. Die bunten Pünktchen starrten sie dann wie winzig kleine Augen an und weckten immer wieder Erinnerungen in ihr.

An einem trägen Sonntag nachmittag im Frühjahr 1977, als sie gerade ihre Sammlung ausbreiten wollte, kam Mon in ihr Zimmer. Zum ersten Mal in ihrem Leben sah Roza ihren Vater weinen. Ohne sich zu fragen, warum, schlang sie die Arme um ihn und sagte mit ihrer Krankenschwesterstimme: «Ist ja gut, Papa!»

Mon befreite sich aus ihrem Griff und sagte, seine Mutter sei tot. Einfach so, von einer Minute auf die andere. Sie war in ihrer eigenen Straße von einem Sonntagsfahrer erfaßt worden, als sie mit dem Fahrrad auf dem Nachhauseweg gewesen war, nachdem sie ein Stündchen auf die Kleinen von Wiesje aufgepaßt hatte. Er fragte Roza, ob sie mit in die Klinik kommen wolle. Flora stand schon in ihrer Jacke am Fuß der Treppe.

«Ich bleibe zu Hause», sagte Roza.

Sie setzte sich auf einen Stuhl, kippte den Inhalt einer pastellblauen Dose in ihren Rock und rührte mit den Händen darin. Das sanfte Rascheln klang wie das Meeresrauschen in der Muschel, die auf ihrer Fensterbank lag. Roza dachte an Moeke, die einfach so aus dem Leben gerissen worden war. Und an ihren Vater, der jetzt keine Mutter mehr hatte. Das schien ihr das Schlimmste, was einem Menschen passieren konnte: plötzlich keine Mutter mehr zu haben.

Zwei Tage vor Weihnachten desselben Jahres starb Vader. «Das Herz», stellte der Doktor fest. «Nein, das war der Kummer, ganz sicher», schluchzte Wiesje.

«Ihr habt beide recht. Wenn man Kummer hat, bricht einem das Herz, und dann stirbt man», sagte Roza. Wiesje hatte ihren Großvater nach Moekes Tod in ihr Haus geholt und zugesehen, wie sein Lebenslicht langsam erloschen war.

Sie saßen zusammen am Weihnachtstisch, während Vader noch in der Leichenhalle aufgebahrt lag. Wiesje und Lucien hatten einen Kinderhochstuhl mitgebracht, auf dem ihr eineinhalb Jahre alter Sohn Joeri mit einer in Stückchen geschnittenen Kartoffelkrokette herummanschte. Die kleine Iris – zu Mons großer Freude hatte die Familienflora eine weitere Blume hinzubekommen – flitzte in ihren Lackschühchen durchs Zimmer. Sie zog an den Kugeln am Christbaum und legte die Mitglieder der Heiligen Familie in dem kleinen Stall auf den Rücken, weil sie fand, es sei Zeit zu schlafen. Flora schwitzte vor Mattigkeit, Lucien gab erst der Tochter und dann dem Sohn einen Klaps auf den Hintern, wofür er sich von Wiesje einen Rüffel einholte, und Mon schenkte sich mehr Schnäpse ein, als er vertragen konnte. Um ihn zu entlasten, trank Roza zweimal sein Glas aus.

Um acht Uhr abends, als die Nerven aller zum Zerreißen gespannt waren und die Kinder im Kanon heulten, nahm sie das Heft in die Hand und verkündete, das Fest sei nun zu Ende. Wiesje brauche sich um den Abwasch nicht mehr zu kümmern, das würde sie schon erledigen.

Als die Gäste endlich weg waren, bekam Roza einen Lachanfall. Sie sagte ihren Eltern, die verwaist an dem abgeräumten Tisch über einem Tischtuch voller Soßenflecken saßen, sie hätte nur einen Scherz gemacht. Das Fest sei noch gar nicht zu Ende. Sie schenkte den beiden und auch sich selbst noch ein Schlückchen *Mandarine Napoléon* ein und sagte, sie wolle noch einen Moment im Wintergarten sitzen.

Flora und Mon folgten ihr. Roza zwängte sich zwischen die beiden auf das Sofa und kuschelte sich an. Sie wies nach oben in die Nacht, die schwarz und totenstill über der gläsernen Kuppel hing.

«Dort sind Moeke und Vader jetzt», sagte sie. «Aber meine Mama und mein Papa sind hier. Bei mir.»

Alle drei sahen in den Himmel hinauf, wo nur vereinzelt noch Sterne zu sehen waren. Mon war zu betrunken, um noch klar denken zu können, und Flora zu müde. Als Roza in vollem Ernst fragte, ob sie noch wüßten, wie sie sie hier gemacht hatten, mußten beide lachen.

«Komm», Flora zitterte, «laß uns schlafen gehen. Ich erfriere ja vor Kälte. Und du trinkst das nächste Mal besser Mineralwasser, Roza!»

«Ja, Mama», sagte Roza, folgsam wie immer.

Als sie ihre Eltern oben im Schlafzimmer rumoren hörte, schenkte sie ihr Glas noch einmal halb voll.

«Es ist schade, daß du nicht etwas näher bei uns wohnst», sagte Flora zu Wiesje. Es war einer jener Sonntagnachmittage, an denen der Familienrat tagte. Mon pflichtete ihr bei.

«Mit deinem Erbe könntest du doch hier im Dorf ein Haus kaufen», sagte er, «und vielleicht sogar einen eigenen Friseursalon einrichten. Dann hast du ein eigenes Einkommen und bist gleichzeitig immer zu Hause bei den Kindern.»

Mon sah mit seinen vierundsechzig Jahren jünger aus als mit vierzig. Iris und Joeri waren ihm sehr ans Herz gewachsen.

«Ja, und Roza kann dann ab und zu einspringen. Entweder im Salon oder um ein Auge auf die Kinder zu haben», malte Flora sich aus.

Wiesje gefiel die Idee. Das Dorf, in dem sie aufgewachsen war, wurde ihr sowieso allmählich zu eng. Wenig bis nichts hatte sich in den letzten Jahren geändert. Es lag irgendwo im Niemandsland zwischen zwei größeren Gemeinden, wo neue Wohnviertel emporschossen, und wurde immer verschlafener. Seit ihre Großeltern nicht mehr lebten, hatte sie ohnehin das Bedürfnis, die Verbindung zu ihrem Vater zu festigen, sich einen festen Platz in seinem Leben zu erobern. Alle hatten ihr vorhergesagt, ihr würden die Flausen im Kopf schon vergehen, wenn sie erst verheiratet wäre, und erst recht, wenn sie Kinder hätte. Wiesje gab es zwar nicht gern zu, doch es war etwas dran: Mit den Jahren waren nicht nur ihre Hüften breiter geworden, sondern sie hatte sich zu einem Menschen entwickelt, der sie nie hatte werden wollen.

«Was hältst du davon, Lucien?» wollte sie wissen.

«Tja, zur Arbeit und um meine Mutter zu besuchen,

bräuchte ich dann etwas länger», sagte er. «Aber mit dem Auto müßte das gut zu schaffen sein. Und auf lange Sicht könnten wir für meine Mutter ein Altersheim in der Nähe suchen. Dann würden wir alle nahe beieinander wohnen.»

«Ich habe gehört, daß sie aus der Klosterschule, in der Roza früher gewesen ist, ein Altersheim machen wollen», sagte Mon. «Es steht schon seit Jahren leer, und seit dort keine Nonnen mehr wohnen, verfällt es immer mehr.»

Alle Zukunftspläne schienen sich zu einem harmonischen Gesamtbild zusammenzufügen. Lucien versprach, ernsthaft darüber nachzudenken und einmal mit seiner Mutter darüber zu sprechen. Sie würde er vielleicht erst überzeugen müssen. Wiesje nicht mehr, das sah man ihrem Gesicht an.

Vader und Moeke hatten ihr ganzes Leben lang hart gearbeitet, doch daß sie so viel hinterlassen würden, war für Mon eine Überraschung. Nach dem Besuch beim Notar war ihm geradezu körperlich unwohl. So viele Nullen, so viel Geld ... – das schlug ihm auf die Verdauung. Vier Tage saß er auf der meergrünen Toilette, in die Flora stets großzügig Bleichwasser hineinschüttete wegen der Mikroben. Abends notierte sie Berechnungen in ihrem Kassenbuch, das sie angeschafft hatte, genauso wie den kleinen elektrischen Taschenrechner. Die Erregung, die sie jedesmal überkam, wenn es um finanzielle Dinge ging, jagte ihr eine fieberhafte Röte in die Wangen.

«Nimm noch eine Imodium, Mon, und setz dich mal zu mir, damit ich es dir erklären kann», rief sie ungeduldig.

«Sie haben sparsam gelebt und kaum etwas ausgegeben. Vader und Moeke waren nun einmal keine Luxusmenschen.»

Sie tippte mit dem Finger auf die erste Zahlenreihe. «Das

Geld, das die Versicherung nach dem Unglück mit Moeke ausbezahlt hat, hat Vader überhaupt nicht angetastet. Und der Betrag ist nicht zu unterschätzen. Schau mal!»

Mon sah, daß sie die Zahl mit einem roten Filzstift eingekreist hatte, so wie früher die Reiseziele auf der Straßenkarte. Er drehte das Buch zu sich herum und spürte, wie sein Bauch wieder zu rumoren begann.

«Vader hat noch zwei Wochen vor seinem Tod gesagt, das Geld von der Versicherung sei für Wiesje bestimmt. Für ihre Zukunft. Schließlich haben sie sie wie ihr eigenes Kind aufgezogen», sagte er.

«Dann hätte er das schriftlich niederlegen müssen. Überlaß das alles am besten dem Notar, der wird die Dinge schon objektiv beurteilen», fand Flora. Sie ging davon aus, daß das Procedere auf jeden Fall zu ihren Gunsten ausfallen würde. Viele Nullen am Ende eines Geldbetrags hatten noch immer den gleichen Effekt auf sie wie eine Tasse starker Kaffee: Sie bekam davon Herzrasen und Redefluß.

Gemeinsam räumten sie das alte Haus von Moeke und Vader auf, Schrank für Schrank, Zimmer für Zimmer. Irgendwann kam wohl für jeden Menschen so ein Moment der Begegnung mit der Vergangenheit. Ein Mäppchen mit Liebesbriefen, eine von Moekes Blusen, ein Stapel Neujahrskarten, Wiesjes in Bronze gegossenes erstes Paar Schuhe …

An einem Samstag abend, als sich die anderen schon fertiggemacht hatten, um zum Chinesen zu gehen, fand Mon ein Fotoalbum aus der Zeit seiner ersten Ehe. Vor langer Zeit hatte er zwar einmal zusammen mit Wiesje darin geblättert, doch er vermutete, daß Moeke es gemeinsam mit anderen traurigen Erinnerungen gut vor ihrer Enkelin verborgen gehalten hatte. Jetzt mußte Wiesje der Tatsache ins Auge sehen, und die ganze Familie war Zeuge: Sie glich ihrer Mutter bis aufs Haar. Als sie auf dem Foto die Kopie ihrer selbst am Arm ihres unglaublich jungen Vaters sah, wurde sie leichenblaß und begann, am ganzen Körper zu zittern. Beim Gedanken an eine Portion Nasi Goreng, auf die sie gerade noch solch einen Appetit gehabt hatte, mußte sie würgen. Sie wollte so schnell wie möglich weg. In den darauffolgenden Tagen vergoß sie all die Tränen, die sie sich nie zugestanden hatte, Tränen um den Verlust einer Mutter, die sie nie gekannt hatte und die nun plötzlich wiederauferstanden schien. Sie wollte keinen Fuß mehr in das Haus setzen.

«Ein Nervenzusammenbruch», diagnostizierte Lucien. «Frauen!» zwinkerte er Mon zu und zuckte mit den Schultern.

Weil die neuen Eigentümer ungeduldig darauf warteten, endlich in das Bauernhaus einziehen zu können, beschloß Flora, alle Hebel in Bewegung zu setzen. Sie würde einen Aufkäufer kommen lassen und den wertlosen Kram in Kartons für den Flohmarkt packen. Aus der Garderobe ihrer Schwiegereltern wollte sie Pakete für bedürftige Mitglieder ihrer Kirchengemeinde zusammenstellen. Die würden sich glücklich schätzen können: Es waren Mäntel und Plisseeröcke von Vorkriegsqualität dabei, wie sie heutzutage gar nicht mehr hergestellt wurden. Sie versprach Wiesje feierlich, daß sie Gegenstände, an denen persönliche Erinnerungen hingen, in das kleine Vorzimmer stellen würde, so daß sie entscheiden konnte, was damit geschehen solle, wenn ihre Nerven sich wieder beruhigt hätten.

Roza grub in dem weitläufigen Garten Pflanzen aus, die sie mit nach Hause nehmen wollte. Sie stellte die kleinen Kisten an der Hintertür bereit. Mon würde sie abends mit dem Auto abholen kommen. Nach dem Mittagessen durchstöberte sie eine kleine Rumpelkammer und fand einen Stapel alter Zeitschriften: *Bonnes Soirées* und *Das Reich der Frau*. Damit würde sie sich noch tagelang vergnügen können. Da sie fürchtete, ihre Mutter könnte alles zum Altpapier werfen, füllte sie zwei stabile Kartons damit und stellte sie zu den Pflanzen.

Als nichts mehr nach ihrem Geschmack dabei war, hatte sie genug vom Aufräumen. Ziellos lief sie durch die leeren Zimmer. Floras Einkaufstasche stand im Gang gegen die Treppe gelehnt. Die Thermoskanne mit Kaffee war bereits leer, und die Butterbrote aus den Brottrommeln hatten sie auch schon alle aufgegessen. Roza setzte sich auf die Treppe, und obwohl sie wußte, daß es zwecklos war, öffnete sie noch einmal eine rote Brotdose. Ihre Augen wurden groß: Sie war randvoll mit Geldscheinen gefüllt von einer Sorte, die sie noch nie gesehen hatte. Dasselbe Prinzenpaar wie auf ihrer Keksdose war darauf abgebildet. Sie zählte die Nullen, es waren immer vier hintereinander. Die weiße Dose hatte etwa genausoviel Gewicht. Roza lugte kurz unter den Deckel und sah noch ein Geldbündel, mit denselben Köpfen und ebenso vielen Nullen auf den Scheinen. Hinter ihr knarrte die Treppe.

Roza drehte sich halb um und sah ein Stückchen weißer Unterhose unter dem Rock ihrer Mutter aufblitzen. Flora sauste die Stufen herunter, riß ihrer Tochter die Tasche aus den Händen und versetzte ihr einen Stoß gegen die Schulter.

Roza wankte kurz mit dem Oberkörper und blieb dann

 wie versteinert auf der Treppe sitzen. Sie hörte, daß Flora gar nicht mehr aufhörte, auf sie einzureden, doch was sie eigentlich sagte, drang nicht zu ihr durch. Dafür war sie zu empört. Sie hatte bloß nach etwas Eßbarem gesucht, weiter nichts. Sie spitzte erst die Ohren, als Flora sich wieder beruhigt hatte und mit Nachdruck sagte:

«Du wirst doch Papa nichts davon erzählen, oder?»

«Wieso nicht? Ist es eine Überraschung?»

«Ja, so etwas in der Art.» Floras Stimme klang unsicher.

«Du hast nichts gesehen, verstanden? Es ist unser Geheimnis. Versprichst du das?»

Roza blickte ihre Mutter an. Sie hatte sich immer noch nicht wieder ganz beruhigt.

«Los, versprich es», drängte Flora sie.

«Ich habe nichts gesehen. Es ist unser Geheimnis», sagte Roza. «Darf ich Papa denn sagen, *daß* wir ein Geheimnis haben?»

«Nein, du darfst gar nicht darüber sprechen. Mit niemanden. Sonst ist es kein richtiges Geheimnis», sagte Flora.

Roza sah ihrem Gesicht an, daß es ihr Ernst war.

Sie erzählte Mon nichts davon. Am selben Abend nicht und auch nicht in den nächsten fünfundzwanzig Jahren.

Roza fiel auf, wie oft ihre Mutter zur Grotte ging.

«Hast du dich bei Maria für deinen verborgenen Schatz bedankt?» erkundigte sie sich einmal, als Flora in die Küche zurückkam.

«Hatten wir nicht vereinbart, daß wir ein Geheimnis haben?» antwortete Flora.

«Vor Papa, ja, aber wir beide wissen es doch?» Zweifel stand in Rozas Gesicht geschrieben.

«Mama, du benimmst dich so komisch!» sagte sie. Da war etwas, das sie nicht begreifen konnte, etwas, das irgendwie nicht stimmte. Doch sie wußte nicht, was.

Zum Glück wurde Flora nicht, wie befürchtet, böse. Sie nahm das runde Gesicht ihrer Tochter in die Hände.

«Später, wenn die Zeit reif ist, werde ich es dir erklären. Aber bis dahin reden wir nicht mehr darüber, in Ordnung?»

Roza zuckte mit den Schultern. Was war das bloß für eine Bemerkung: ‹wenn die Zeit reif ist›. Wann sollte das sein? Bananen und Birnen wurden reif, aber die Zeit?

«Gut, reden wir nicht mehr darüber», lenkte Roza ein.

Die beiden Küsse ihrer Mutter galten als Besiegelung des Vertrags.

Flora protestierte nicht mehr, als Mon erneut darauf drang, das Geld von der Versicherung Wiesje zu geben.

«Es ist nun einmal so, wie es ist», sagte sie gelassen. Floras Hand lag auf dem Kassenbuch, als wäre es die Bibel.

Wie es der Zufall wollte, entdeckte Mon kurze Zeit später an einer Straßenecke ein Haus, das für seine älteste Tochter und ihre Familie wie geschaffen schien. Es stand im alten Dorfkern und hatte bisher ein Kurzwarengeschäft beherbergt. Die alte Denise, die dort eine Generation lang Knöpfe, Reißverschlüsse und Gummibänder verkauft hatte, bot das Gebäude in Ermangelung eines Nachfolgers zum Kauf an, nun, da sie selbst in Rente ging.

«Das ist wie ein Sechser im Lotto», fand Mon. Wiesje und Lucien waren sofort gekommen. Jetzt saßen alle zusammen im Garten, die Männer bei einem Glas Bier und die Frauen bei einem Martini, und die Aufregung schwirrte zusammen mit den Wespen über ihren Gläsern.

«Es ist eine Investition in die Zukunft», erklärte Mon. «Den Verkaufsraum kannst du vorläufig einfach als Vorzimmer einrichten, und wenn die Kinder später in die Schule gehen – da ist gleich eine um die Ecke –, kannst du dort ohne großen Aufwand dein eigenes Geschäft aufmachen. Bis dahin bin ich in Rente und habe alle Zeit der Welt. Dann kann ich dir auch ein wenig helfen. Es ist ein solides Haus – das sehe ich auf Anhieb –, und dahinter liegt sogar ein ziemlich großer Garten.»

«Ein weiterer Friseur im Dorf wäre übrigens auch kein überflüssiger Luxus», fand Flora, «und Roza kann natürlich auch jederzeit einspringen, genau wie früher.»

«Wir müßten es natürlich erst einmal von innen sehen», meinte Lucien.

Mon verlor keine Minute. Er radelte zur Einkaufsstraße, um die Telefonnummer des Maklers von dem dort aufgestellten Schild abzuschreiben. Und in der Zwischenzeit fand Flora über die Bäckersfrau Mit die Telefonnummer von Fräulein Denise heraus.

Schon am nächsten Morgen um zehn Uhr durften sie zur Besichtigung kommen. Um halb elf war der Kauf so gut wie abgeschlossen. Man umarmte sich, klopfte sich gegenseitig auf die Schultern, es flossen ein paar Tränen. Wiesje war nach ihrem Nervenzusammenbruch immer noch ein wenig geschwächt. Aber sie sagte, wie froh sie sei, daß sie bald so nah beieinander wohnen würden, und umarmte ihren Vater.

«Wißt ihr was», schlug Flora vor, als sie wieder zu Hause waren, «wir gehen heute abend alle zusammen zum Chinesen, um zu feiern. Das letzte Mal ist ja nichts daraus geworden. Ich lade euch ein!»

«Ja, Mama lädt uns ein! Von ihrem eigenen Geld!»

«Still, Roza!» unterbrach Flora sie.

«Was wolltest du gerade sagen, Roza?» fragte Wiesje in schmeichelndem Ton.

«Nichts», meinte Roza mit gesenktem Blick. «Darüber reden wir nicht mehr.»

«Weißt du, was wir machen, Lucien? Wir fragen das Mädchen von nebenan, ob es zum Babysitten kommt. Dann können wir in Ruhe essen gehen und vielleicht danach in der Stadt noch etwas trinken. Wir alle zusammen. Dann lade ich euch ein!» sagte Wiesje.

«Heute abend gehen wir mit reichen Frauen aus», lachte Mon und zwinkerte Lucien zu.

«Und jetzt lade ich euch ein.» Roza schenkte ungebeten alle Kaffeetassen noch einmal voll.

Vierzig Dienstjahre bei demselben Chef hatten Mon ein Sechs-Gänge-Menü, einen Empfang zu seinen Ehren und eine Digitaluhr eingebracht. Sowohl ihm als auch Flora war nach den Feierlichkeiten anläßlich seiner Pensionierung miserabel zumute, und beide waren sie todmüde. Sie hatten zuviel gegessen, zuwenig geschlafen, und sie waren natürlich keine zwanzig mehr. Nachdem er eine knappe Woche herumgelungert und Flora ständig im Weg gestanden hatte, war Mon klar, daß er kein Sitzfleisch hatte. Er ließ sich von Wiesje den Schlüssel ihres neuen Hauses geben und machte sich fortan jeden Morgen um acht Uhr mit dem Rad auf den Weg, die Werkzeugkiste auf den Gepäckträger geschnallt, als fahre er wie gewohnt zur Arbeit. Er nahm sich schon mal der kleinen Dinge an, die er alleine erledigen konnte, notierte Maße und zeichnete Pläne. An den Wochenenden half Lucien ihm bei den schwereren Arbeiten.

Wiesje und die Kinder trafen sich währenddessen bei Flora. Im Wintergarten wurden Strategien über Badezimmerkacheln, Gardinen und Teppichböden entwickelt.

Roza war in ihrem Element. Sie machte sich nützlich, so gut sie konnte. Aus ihrem Stapel Zeitschriften schnitt sie Abbildungen von Küchen, Blumenvasen und Englischen Gärten aus, die sie mit einem Löcherrand verzierte. Diese breitete sie dann fächerförmig auf dem Tisch neben den Stoffmustern ihrer Mutter und Wiesjes *Schöner Wohnen*-Heften aus. Sogar die kleine Iris nahm an diesem Frauenkomplott teil. Mit Filzstift zeichnete sie bunte Häuser, die sie mit ihrer Kinderschere ausschnitt. Mit halbem Ohr hörte Roza den ernsthaften Gesprächen zwischen ihrer Mutter und Wiesje zu. Ansonsten kümmerte sie sich darum, daß die Kinder brav oder zumindest nicht im Weg waren. Gegen zwölf legte sie Joeri in den Kinderwagen und ging zu dem neuen Haus, um den Männern Butterbrote und eine Thermoskanne mit frischem Kaffee zu bringen.

An einem dieser Samstage fiel Flora in der Frauenbastion in Ohnmacht. Wie eine Stoffpuppe glitt sie seitlich von ihrem Stuhl, die Augen halb geschlossen, fiel zu Boden und blieb vollkommen reglos liegen. Joeri, der mit einem Spielzeugauto auf dem Teppich herumtuckerte, wich dem Hindernis aus, das plötzlich quer auf seiner imaginären Autobahn lag.

«Mama, um Himmels willen», rief Wiesje panisch.

Flora war völlig weggetreten, und doch trat ein Lächeln auf ihre Lippen, als sie das hörte. Um ihre Mundwinkel herum erschien ein Lächeln. Roza wurde bleich und stand wie angewurzelt da.

«Geh und hol Papa, schnell, steh da nicht so rum», kommandierte Wiesje, während sie Floras Wangen leichte Schläge versetzte und ihr die Bluse öffnete.

Keine zehn Minuten später stürmte Mon in den Wintergarten, Lucien und Roza im Schlepptau. Als er Flora, die bereits wieder matt um sich blickte, auf dem Boden sitzen sah, schlug er die Hände vors Gesicht. Er atmete schwer. Nach einer ganzen Weile ging er endlich in die Knie und legte Flora den Arm um die Schulter, brachte aber noch immer kein Wort heraus. Er half ihr auf und setzte sie mit Wiesjes Hilfe wieder auf ihren Stuhl.

«Soll ich den Doktor anrufen?» fragte Wiesje in den Raum.

«Ja, Kind, tu das bitte!»

Endlich hatte Mon seine Stimme wiedergefunden.

Erst am Abend, als sie im Bett lagen, wagte er es, Flora zu erzählen, wie Roza in der Türöffnung gestanden und ohne Umschweife gesagt hatte: «Mama liegt tot auf dem Boden in der Kuppel.»

Daß er den Moment wiedererlebte, als er ihr damals die Nachricht von Jeannes Tod auf dem Postamt überbracht hatte. Und daß ihm der Gedanke durch den Kopf geschossen war, der Wintergarten – sein Wintergarten – beginne langsam Schneewittchens gläsernem Sarg zu ähneln.

Flora sagte nicht viel. Sie fühlte sich noch immer schlapp wie ein Waschlappen. Der diensthabende Arzt hatte ihren Blutdruck gemessen, ihr unteres Augenlid herabgezogen und gesagt, sie solle lieber zu ihrem eigenen Arzt gehen, der sie schon so lange kenne. Ein Wochenende vollkommener Ruhe und Entspannung könne aber auf keinen Fall schaden.

Mon sah zu, wie sie langsam wegdämmerte, bis sie schließlich eingeschlafen war. Seine Worte erreichten sie nicht mehr, verklangen ungehört im Zimmer. Als er sie schlafend von oben betrachtete, sah er es deutlich: die graue, straffgespannte Haut, die dunklen Augenringe, die wachsbleichen Hände. «Flora», sagte er, als würde er schon Abschied nehmen. Dann stand er noch einmal auf und ging nach unten, wo er ein Wasserglas zur Hälfte mit Genever füllte.

Am nächsten Tag hütete Flora das Bett. Irgendwann im Laufe des Vormittags rief sie Roza zu sich. Die hatte einen ihrer Krankenschwesterkittel angezogen und war bereit, um ihrer Mutter beizustehen. Sie war zu allem bereit, so froh war sie über ihren gestrigen Irrtum.

«Es ist alles in Ordnung, Kind», sagte Flora schwach, «ich habe ein Bad genommen und ruhe mich einfach nur einen Tag aus, mehr nicht. Heute mittag darfst du mir etwas Suppe bringen. Und für deinen Vater und dich kannst du ja mal ein Omelett machen. Oder du fragst ihn, ob er etwas von der Frittenbude holt.»

Roza setzte sich auf den Stuhl neben dem Bett, enttäuscht darüber, daß man ihrer Hilfe gar nicht bedurfte.

«Erinnerst du dich noch an unser Geheimnis?» wollte Flora wissen. Sie legte Roza die Hand auf den Arm.

«Das mit dem Geld in den Brotdosen?» flüsterte Roza in verschwörerischem Tonfall.

«Genau. Ich glaube, ich muß dir jetzt allmählich verraten, wo ich es hingelegt habe. Hörst du mir jetzt einmal ganz genau zu? Vorläufig kann es ja bleiben, wo es ist, aber wenn

Not am Mann ist, will ich, daß du weißt, wo du es finden kannst. Es ist nämlich für dich bestimmt, für deine Zukunft. Das mußt du Papa deutlich sagen, wenn es soweit ist.»

Roza beugte sich vornüber, ihr Ohr dicht am Mund ihrer Mutter.

«Ist es jetzt immer noch ein Geheimnis?» fragte sie, als Flora nichts weiter sagte.

«Ja», lächelte sie matt. «Jetzt schon noch, aber der Moment wird kommen, in dem du es vielleicht brauchen wirst.»

«Dann kannst du mir ja Bescheid sagen.»

«Ich meine: wenn ich nicht mehr da bin.»

Roza konnte ihr nicht folgen. Sie würde nicht mehr darauf hereinfallen. Wenn ihre Mutter noch einmal reglos auf dem Teppich läge, würde sie einfach wieder an das glückliche Ende von gestern denken.

«Eines Tages wird vielleicht der Moment kommen, wo du es brauchst, und dann mußt du wissen, wo du es finden kannst», wiederholte Flora mit dem Mut der Verzweiflung.

«Dann muß Papa es mir eben sagen, wenn es soweit ist. Woher soll ich das denn wissen?» fragte Roza unwillig.

Flora seufzte und legte den Finger auf die Lippen: Sie hörte Mons Schritte auf der Treppe. Sie würde nächste Woche noch einmal versuchen, es Roza zu erklären. Nachdem der Doktor dagewesen wäre.

«Ihr seid ja auf einmal so still. Habt ihr etwa Geheimnisse vor mir?» fragte er arglos.

«Nur eins», sagte Roza.

Der Doktor bestätigte, was Flora eigentlich schon lange vermutete: Diesmal war es ernst. Dennoch wollte sie es nicht wahrhaben, stimmte aber immerhin einer Untersuchung im

 Krankenhaus zu. Aber dazu kam es nicht mehr. Drei Tage nach dem Besuch des Doktors sackte sie noch einmal ohnmächtig zusammen, und es gelang ihr nicht mehr, aus eigener Kraft aufzustehen. Mon und Roza brachten sie ins Bett. Ihre Augen blieben geschlossen.

Der Doktor nötigte Mon, eine Gemeindeschwester einzuschalten. Und so bekam Flora doch noch die Chance, die Sache mit Rita wiedergutzumachen, auch wenn sie nicht viele Worte über ihren damaligen Konflikt verloren. Roza ließ ihre Mutter keine Sekunde aus den Augen. Sie rechnete fest damit, daß Flora früher oder später wieder lachend auf einem Stuhl sitzen und ihr mitteilen würde, alles wäre wieder vorbei. Daß sie sich kurz noch erholen müsse, aber gleich Essen machen würde.

Am 12. Oktober 1980, als der Herbst auf leisen Sohlen durch den Garten schlich, floß das Leben aus Flora heraus. Die Landkarte auf ihrem Bauch war bleich, fast transparent geworden und fühlte sich wie Pergament an. Roza saß schweigend neben dem Bett und wartete auf ein Wunder, als sich der Schatten ihrer Mutter ein letztes Mal aufrichtete. Ihre Augen drückten aus, was auszusprechen ihr nicht mehr gelang.

Roza nickte. Sie nickte auch dann noch, als Mon neben ihr stand und den Arm um sie legte. Sie hörten, wie ein dünner Hauch Floras Lippen entwich. Als blase sie ihr eigenes Lebenslicht aus.

Teil V

| Das Gartenhaus

«Papa, ich muß mal mit dir reden. Unter vier Augen», sagte Wiesje, während sie ihre Einkäufe auspackte und in die Küchenschränke räumte.

«Ja, ja, ist schon gut», wimmelte Mon sie ab.

Er war schnell gealtert nach Floras Tod. Eine seltsame Kälte hatte sich in seine Gelenke eingeschlichen und diese steif werden lassen. Roza und er hielten sich gegenseitig aufrecht. Sosehr sie aufeinander angewiesen waren, so sehr hatten sie sich inzwischen aufeinander abgestimmt. Sie lebten in dem alten Haus ihre miteinander verflochtenen Leben, ein Vater von fast siebzig und eine Tochter von fast dreißig, und wechselten kaum zehn Sätze in der Woche. Sie lebten von Stunde zu Stunde nach eingeschliffenen Mustern, fast so, als führte Flora noch irgendwo mit unsichtbarer Hand Regie.

Roza saß am Tisch und blätterte mit einer Hand in einer Zeitschrift, während sie mit der anderen Hand immer wieder in eine Chipstüte grapschte.

«Geh mal kurz rauf, Roza, ich muß dringend mit Papa reden», kommandierte Wiesje.

«Geht es um meinen Geburtstag?» fragte Roza.

Wiesje nickte, um sie loszuwerden. Roza schlurfte, unbeirrbar weiter mit der Hand in der Tüte knisternd und kauend, in den Flur.

Kaum hatte sie den Raum verlassen, fiel Wiesje mit der Tür ins Haus: «Papa, ich kann es nicht mehr mitansehen. Roza hat in den fünf Jahren seit Floras Tod bestimmt zwanzig Kilo zugenommen. Alles, was sie noch tut, ist essen, essen und noch mal essen. Du mußt ihr das verbieten ...»

«Ich hab nichts mehr zu sagen, sie hört doch nicht auf mich», sagte Mon gelassen.

«Sie bräuchte wieder ein Ziel im Leben. Dann hätte sie etwas weniger Zeit, im Supermarkt herumzuhängen und den ganzen Tag zu naschen. Ich könnte ihre Hilfe im Friseursalon gut gebrauchen, aber so, wie sie jetzt aussieht, geht es einfach nicht. Ich muß doch auch an meine Kunden denken. Sie platzt ja derart aus allen Nähten, daß sie sich noch nicht einmal bücken kann, um etwas aufzuheben.»

Mon trommelte nervös mit den Fingern auf den Tisch. Was erwartete Wiesje denn von ihm? Sollte er etwa die Schokoriegel und Cocktailnüsse vor Roza verstecken?

«Ich habe mir überlegt, ihr eine Vereinbarung vorzuschlagen», fuhr Wiesje fort. «Sobald ihr die Sachen passen, die die anderen Friseurinnen bei der Arbeit tragen, darf sie wieder bei mir im Salon helfen. Das würde ihr guttun.»

«Na, dann macht das doch am besten unter euch aus», sagte Mon. Mit Frauenangelegenheiten konnte er noch immer nicht gut umgehen.

«Ich hole sie jetzt dazu!» Wiesje wollte den Stier bei den Hörnern packen.

Launisch pflanzte Roza ihre Ellbogen auf den Tisch und

stützte den Kopf in die Hände. «Nein», sagte sie, noch bevor Wiesje zu Ende gesprochen hatte. «Ich bleibe zu Hause. Sonst ist Papa hier allein.»

«Mach dir darüber keine Sorgen, Kind, ich komme schon zurecht. Es ist doch auch nicht jeden Tag», sagte Mon gütig. «Wiesje hat schon recht. Es wird dir guttun, mal wieder unter Menschen zu kommen. Du bist doch nur einmal jung.»

Roza blickte grüblerisch zwischen ihrem Vater und ihrer Halbschwester hin und her. Sie traute dem Ganzen, was die beiden da ausheckten, nicht so recht. Etwa ein Jahr nach Floras Tod hatten sie auch schon gesagt, daß es gut für sie wäre, wenn sie unter Menschen käme. Damals war eine Frau gekommen, um mit ihr zu reden, eine Sozialarbeiterin. Die hatte sie im Auto zu einem großen Haus mitten im Wald mitgenommen, einer Art Schloß. Erst hatte Roza draußen mit den Kaninchen und Ziegen gespielt. Sie hatte gedacht, sie wäre in einem Zoo. Doch als sie die Menschen zu Gesicht bekam, war sie völlig außer sich geraten. Sie hatten Pferdegesichter, kreuz und quer stehende Zähne, saßen in Rollstühlen festgebunden und fuchtelten wild mit den Händen. Roza hatte Angst vor ihren Augen und Stimmen.

«Sie freuen sich, daß du uns besuchen kommst», hatte die Frau gesagt, die sie dahin gebracht hatte, als sie an einem Tisch voll beschmierter Papiere saßen. Roza weigerte sich, den Pinsel zu nehmen, den ihr ein fremder Junge aufdrängen wollte. Sie ballte die Hände zu Fäusten. Sie wollte nach Hause, zu Mon, zu ihrer abwesenden Mutter.

«Wir dachten, du würdest bei unserer Bastelstunde mitmachen. Und heute mittag mit uns essen», sagte ein blondes Mädchen.

«Das will ich nicht. Ich will zu Hause mit meinem Papa essen!»

Roza schob ihren Stuhl zurück und sah, wie die Sozialarbeiterin und das blonde Mädchen einen Blick wechselten. Plötzlich geriet sie in Panik. Würden sie sie hierbehalten, zwischen all den Pferdegesichtern und flatternden Fingern? Im Fernsehen hatte sie Sendungen über solche Menschen gesehen, die weder Vater noch Mutter hatten und alle zusammenwohnten, mit Bastelstunden und einem Kinderbauernhof. Sie rannte nach draußen, wo sie sich neben das kleine grüne Auto stellte und sich nicht mehr vom Fleck rührte. Um nichts in der Welt bekamen sie sie da wieder hinein.

Noch nie in ihrem Leben war sie so erleichtert gewesen wie damals, als sie den Wintergarten betrat und Mon dort mit der Zeitung sitzen sah. Erst als die Frau weg war und sie zusammen Hackbällchen in Tomatensoße gegessen hatten, gingen ihr die Nerven durch, und sie fing an zu weinen. Ihr fehlten die Worte, um ihm zu erklären, was für eine Angst sie gehabt hatte, wie bedrohlich sie all die Pinsel und Filzstifte angestarrt hatten.

Sie holte ihre Zeitschriften und den Locher von oben und nahm an dem kleinen Tisch in der Ecke des Wintergartens Platz. So konnte sie Mon sowohl drinnen als auch im Garten aus den Augenwinkeln im Blick behalten. Den ganzen Mittag lochte und grübelte sie vor sich hin. Gedanken schneiten ihr wie Konfetti durch den Kopf. Wenn man sie in dieses Schloß sperren würde, zwischen all diese seltsamen, fremden Menschen, würde sie bei lebendigem Leib begraben werden. Etwas in der Art würde sie Mon sagen, nahm sie sich vor. Und das tat sie auch, abends, als sie in dem alten

 Morgenrock ihrer Mutter neben ihm auf das Sofa kroch, um einen Western anzuschauen.

«Papa», sagte sie, «ich will hier bleiben. Bei dir. Für immer. Ich will nicht in dem Wald wohnen.»

«Aber Roza!» Mon lachte. «Wer sagt denn, daß du dort wohnen sollst? Wir dachten, es würde dir vielleicht guttun, wenn du ab und zu mal unter Leute kämst und etwas Neues lernen würdest. Diese Madame wie-hieß-sie-noch-gleich hat gesagt, es wäre zu deinem eigenen Besten, wenn du zwei- oder dreimal die Woche zur Tagesbetreuung gehen würdest. Dann hättest du eine Beschäftigung.»

Roza begriff nicht viel davon. So redete ihr Vater sonst nie. Sie legte den Kopf auf seine Schulter und sagte: «Ich bin doch mit dir beschäftigt.»

Auch jetzt war sie wieder beunruhigt, und zwar vor allem, weil sie Mon und Wiesje einen Blick hatte austauschen sehen, der sie daran erinnert hatte, wie die Sozialarbeiterin seinerzeit das blonde Mädchen angesehen hatte. Es dauerte ein Weilchen, bis ihr Argwohn sich legte. Sie durfte wieder im Friseursalon arbeiten. Allerdings unter einer Bedingung: Sie mußte abnehmen.

«Weißt du was?» schlug Wiesje vor. «Wir gehen nächste Woche zusammen zum Doktor, so ganz unter Frauen. Er wird dir sagen, wie schlecht das Übergewicht für dein Herz ist, davon bin ich überzeugt. Und ich gehe auch ein wenig auf Diät, aus Solidarität. Bei mir könnten ruhig auch ein paar Kilo runter.»

Langsam taute Roza auf. ‹Übergewicht› klang besser als ‹dick›, eher wie eine Krankheit. Erst recht, wenn ein Doktor mit ins Spiel kam.

«Darf ich dann auch so eine weiße Hose und so einen Kittel tragen und ein rotes Halstuch, wie die anderen Friseurinnen?» erkundigte sie sich.

«Einen Kittel! Also, wir sind doch nicht beim Karneval! Das nennt man Blouson. Wenn ich deine Größe finden kann, darfst du die Uniform von *Coiffure Louise* tragen, ja. Dann kommst du mit mir mit, genau wie früher, und hilfst mir, wenn es stressig wird. Und an Samstagen und Feiertagen sowieso. Ab und zu kannst du auch hinten zusammen mit Iris und Joeri essen. Oder den Abwasch machen.»

«Darf ich den Kunden dann auch die Haare waschen?»

«Fang ruhig erst mal damit an, den Boden zu fegen, die Handtücher auszuwechseln und die Materialien in Ordnung zu halten. Schließlich bist du ja keine richtige Friseurin!»

«Und wieviel verdiene ich?»

«Darüber reden wir dann später», lachte Wiesje. «Wenn es soweit ist, gehe ich mit dir zur Bank, und wir eröffnen ein Konto.»

«Das will Mama nicht», protestierte Roza. «Die Banken sind alle Diebe, sagt sie. Die machen sich einen faulen Lenz auf unsere Kosten.»

«Ja, die alte Leier kennen wir», sagte Wiesje.

«Wenn ich abgenommen habe und in meinem Blouson bei dir arbeiten komme, Wiesje, ist das dann die Zukunft?» fragte Roza, als ginge ihr plötzlich ein Licht auf.

«Alles, was morgen beginnt, ist die Zukunft», fand Wiesje. «Warum fragst du das?»

Roza zögerte.

«Das sage ich nicht, das ist ein Geheimnis!»

 Schlank würde Roza nie werden. Aber sie hatte sich mit der üblichen Verbissenheit darangemacht, die Bedingung, die Wiesje ihr gestellt hatte, zu erfüllen. Im Supermarkt hatte sie an strategisch wichtigen Stellen ganz fest den Griff ihres Einkaufswagens umklammert. Es dauerte fast ein Jahr, bis sie endlich in Größe sechsundvierzig des Friseurkostüms hineinpaßte. Wiesje hatte es zum Ansporn seitlich am Kleiderschrank aufgehängt, unter einer Schutzhülle aus Plastik. Roza war stets mit ihrem Ziel vor Augen aufgewacht und damit eingeschlafen.

Es war ein feierlicher Moment gewesen, als sie endlich die weiße Hose zubekam und ihr Busen ausreichend Platz in dem Oberteil hatte. Eines Abends, nach einer Portion Blumenkohl ohne Soße, einer Mousse au chocolat für Mon und einem Magerjoghurt für sie, zwängte sie sich in ihr Outfit, band sich den kleinen Schal wie eine Krawatte um und fuhr ein paarmal mit einem Kamm durch ihr stumpfes Haar. Wie eine Diva schritt sie die Treppen herab, warf mit Schwung die Tür zum Wohnzimmer auf und stellte sich in voller Breite vor den Fernsehschirm. Der Mann von der Wettervorhersage berichtete ihrem Rücken, daß es über Ostern nicht trocken bleiben würde. Zu ihrer Vorderseite sagte Mon:

«Ich wußte gar nicht, daß ich so eine hübsche Tochter habe.»

Es war das erste Mal seit dem Tod ihrer Mutter, daß Roza irgendwo in ihrem massigen Leib ein Fünkchen Glück verspürte.

«Und jetzt rufe ich Wiesje an», sagte sie entschieden und lockerte die Krawatte um ihren Hals ein wenig.

Schon am nächsten Tag durfte sie anfangen: Auf dem Programm standen sechs Dauerwellen.

«Frag Papa, ob die Kinder zu ihm kommen dürfen. So ist er am ersten Tag nicht so allein zu Hause, und ich kann mich auch besser um andere Dinge kümmern. Dann können alle zufrieden sein», befand Wiesje.

Roza spielte gern das Versuchskaninchen für Wiesje. Die probierte neue Haarfarben und Schnitte an ihr aus, epilierte ihre schwarzen Augenbrauen zu feinen Bögen, experimentierte mit Maniküretechniken und falschen Nägeln. Für Mon war es jedesmal wieder eine Überraschung, wie Roza aussah, wenn sie nach Hause kam. Manchmal schmeckte ihm allerdings sein Essen nicht, weil ihm dabei ständig der durchdringende Geruch von Haarlack und Kosmetika in die Nase stieg. Aber er sah, wie Roza auflebte, und das beruhigte ihn. Sie war auf ihre Weise eine Frau von Welt geworden. Sie kam sich in Wiesjes Friseursalon unersetzlich vor und hatte ein Bankkonto, dessen Nummer sie auswendig kannte. Zu Hause hatten sich ihre Aufgaben auf ein Minimum reduziert: Sie kochte für Mon und sah gemeinsam mit ihm fern. Nach langem Zögern hatte er sich nach einer Haushaltshilfe umgesehen. Seit die Polin Milena schweigend mit Staubsauger und Putzlappen durch die Zimmer ging, hätte man wieder vom Fußboden essen können. Flora wäre zufrieden gewesen.

Roza ging auf die Vierzig zu, als Wout in ihr Leben trat. Seine Mutter war schon seit Jahren Kundin bei Wiesje, die inzwischen auch Herren die Haare schnitt. Sie setzte ihren Sohn bei Wiesje ab und sagte, sie komme ihn in einer guten halben Stunde abholen. Wenn es ihr recht wäre.

«Ich wußte ja gar nicht, daß Sie einen Sohn haben, Madame Verdonck», sagte Wiesje.

«Es gibt viele Dinge zwischen Himmel und Erde, die du nicht weißt, Kind», antwortete sie spitz.

Wout machte hölzerne Verbeugungen und reichte allen Anwesenden höflich die Hand. Die von Roza schüttelte er auffällig lange, als würde er sie bereits seit Jahren kennen. Wiesje befühlte kurz seine rostbraunen Locken und sagte, das ginge in Ordnung. Als Mutter Verdonck sich umdrehte, sah Roza gerade noch, wie ihre Schwester in Richtung einer ihrer Aushilfen eine Grimasse zog und sich mit dem Zeigefinger an ihre Stirn tippte.

«Wasch du ihm mal die Haare», beauftragte sie Roza, «und benutz ein Shampoo für fettiges Haar.»

Darauf wäre sie auch selbst gekommen. Sein Kopf fühlte sich an, als hätte er den ganzen Tag in einer Frittenbude gestanden, aber so etwas durfte man nicht laut sagen, wenn der Kunde dabei war.

Wout lehnte seinen Kopf an die Nackenstütze. Er erschrak kurz, als sie die Dusche auf seinen Kopf richtete: Das Wasser war zu heiß. Roza regulierte die Temperatur, bis sich seine knochigen Finger auf der Armlehne entspannten, und tat sich eine kräftige Portion gelben Shampoo in die Handfläche. Mit kräftigen Bewegungen, als würde sie Brotteig kneten, bearbeitete sie seinen Kopf. Durch die Kopfhaut hindurch konnte sie seine Schädeldecke spüren.

Er stöhnte und schnaufte wie die Männer in den Spätfilmen am Samstagabend, die sie sich heimlich ansah, wenn Mon schon im Bett war.

«Tue ich Ihnen weh?» fragte sie.

«Ein wenig, Fräulein, aber das macht nichts», sagte Wout.

Während Wiesje an seinem nassen Haar die Schere ansetzte, bemerkte Roza, daß er ihr im Spiegel mit dem Blick folgte.

Mutter Verdonck war zufrieden: So ein Kurzhaarschnitt machte ihren Sohn gleich viel jünger.

«Du wirst dir noch die Mädchen vom Leib halten müssen, die sich jetzt um dich reißen werden», lachte sie. Er war mehr als einen Kopf größer als sie, und dennoch wirkte es, als blicke er wie ein kleiner Junge zu seiner Mutter auf.

«Wir gehen zu Hildes Hochzeitsfeier», grinste Wout, «und ich werde den ganzen Abend tanzen.»

«Eine Nichte meines Mannes, Gott hab ihn selig», ergänzte Mutter Verdonck.

Als er Roza wieder die Hand gab, sagte er:

«Können Sie tanzen, Fräulein?»

«Ein wenig.» Roza war verlegen.

«Dann verabrede ich mich mal mit Ihnen», beschloß Wout.

«Das hier ist ein Friseursalon und kein Single-Treffpunkt, Roza», zog Wiesje sie auf, als Mutter und Sohn gegangen waren.

In ihrem weißen Friseurkostüm lief Roza feuerrot an. Sie lockerte ihr Halstuch ein wenig. Sie wußte nicht, was das für ein Gefühl war, daß sie auf einmal in ihren Eingeweiden flattern spürte. Es ähnelte dem Hunger, den sie hatte leiden müssen, um in ihre weiße Hose hineinzupassen.

Nachts in ihrem Bett spürte sie es immer noch, nagend und beißend. Sie schlich in die Küche und aß ein doppeltes Butterbrot mit Nußnougatcreme. Danach träumte sie, daß sie Wouts Haar wusch. Es schäumte bis zu ihren Ellbogen.

An den Tagen, an denen Roza arbeitete, kam Wout regelmäßig kurz im Friseursalon vorbei, um Roza guten Tag zu sagen. Wiesje drückte ein Auge zu und erlaubte es. Sie mußte zugeben, daß er Manieren hatte. Einmal hatte sie ihm gesagt, daß er das Personal nicht zu lang von der Arbeit abhalten dürfe, und seitdem blieb er nie länger als zwei, drei Minuten. Länger brauchte er für sein festes Ritual ohnehin nicht. Er gab Roza die Hand, machte ihr ein Kompliment über ihre Haare oder die Farbe ihres Nagellacks, starrte sie grinsend an und sagte dann, er ginge nun wieder nach Hause. In der Türöffnung stehend, fragte er immer, als fiele es ihm ganz plötzlich wieder ein, wann sie denn einmal zusammen tanzen gingen.

Wenn Roza ihn gesehen hatte, war sie für den Rest des Tages bester Laune.

Eines Abends, als sie zusammen mit Wiesje aufräumte, fragte sie:

«Wiesje, wo soll ich denn eigentlich mit Wout tanzen gehen?»

«Also, das weiß ich auch nicht», sagte Wiesje, «das fragst du ihn am besten selbst.»

Als sie ihn das nächste Mal sah, es war ein Freitagnachmittag, war er wieder zum Haareschneiden gekommen. So hatte sie genug Zeit, ihre Frage zu stellen. Während sie seine Kopfhaut knetete und er mit seinem treuen Hundeblick zu ihr aufschaute, fing sie davon an.

«Meintest du das mit dem Tanzen ernst, Wout?»

«Ja», sagte er. «Aber ich weiß nicht, wo. In eine Diskothek darf ich nicht wegen meiner Mutter, und hier gibt es keine Musik.»

«Bei mir zu Hause gibt es Musik», sagte Roza. «Will Tura,

Joe Harris, die *Golden Love Songs*. Ich kann alles mitsingen. Und ich habe gerade erst einen neuen CD-Player bekommen.»

«Dann komme ich zu dir nach Hause zum Tanzen, Sonntag nach dem Essen», beschloß Wout.

So einfach ging das.

Bevor er mit seinem kahlrasierten Nacken auf die Straße ging, drückte er Rozas Hand besonders lange.

«Also bis Sonntag nach dem Essen», wiederholte er.

Roza konnte sich nicht daran erinnern, jemals so froh gewesen zu sein. Oder doch: an dem Tag, als ihre Mutter aus Lourdes zurückgekommen war.

An diesem Tag erledigte sie ihre Arbeit doppelt so schnell und doppelt so gut. Etwa gegen fünf Uhr bekam sie einen Panikanfall, weil ihr einfiel, daß Wout gar nicht wußte, wo sie wohnte. Sie geriet derartig außer sich, daß Wiesje sie nach hinten schicken mußte, wo ihr Iris eine Tasse Kamillentee gab, damit sie sich beruhigte.

«Er kommt bestimmt morgen vorbei, um nachzufragen, wo du wohnst», sagte Wiesje, «und wenn nicht, rufen wir Madame Verdonck an. Vergiß aber nicht, es Papa zu sagen.»

«Ob Papa es erlaubt?» fragte Roza.

«Wenn nicht, dann werde ich mal ein ernstes Wörtchen mit ihm reden. Er kann froh sein, daß du einen Freund hast.»

Roza wurde bleich.

«Ist Wout mein Freund?»

«Das will ich wohl meinen, ja», lachte Wiesje. «Meinetwegen kommt er jedenfalls nicht. Und jetzt mach, daß du nach Hause kommst, es ist schon dunkel.»

Roza vergaß ganz zu winken, bevor sie um die Ecke bog.

Zu Hause stolperte sie in die Küche hinein und sagte in einem Atemzug zu Mon:

«Ich habe einen Freund, und er heißt Wout, und am Sonntag tanzen wir. Nach dem Essen.»

Erst konnte Mon ihr nicht folgen. Und nachdem sie ihm alles haargenau erklärt hatte, wollte er ihr nicht folgen.

«Das kommt überhaupt nicht in Frage», sagte er, «daß du mir hier Verehrer ins Haus bringst! Für so etwas bin ich nun wirklich zu alt.»

«Aber Papa!»

Roza wußte nicht, was sie tun sollte. Noch nie zuvor hatte er ihr etwas verboten, was ihr Vergnügen bereitete. Sie hatte keine Erfahrung darin, ihn umzustimmen. Also schwieg sie und beobachtete heimlich sein Gesicht, während sie abräumte: Es war starr, und sein Mund bildete einen scharfen Strich. Mon war ein alter Mann geworden, das war ihr vorher noch nie aufgefallen. Sie stellte ihm eine Tasse Kaffee hin, ging zum Telefon im Flur und ließ mit Absicht die Tür offen.

«Wiesje, Papa sagt, es kommt nicht in Frage, daß ich Verehrer ins Haus bringe, denn für so etwas ist er nun wirklich zu alt», hörte er sie sagen. Er biß sich auf die Unterlippe und spürte, wie seine Knie weich wurden, als er aufstand und den Hörer übernahm.

Roza hörte es nicht nur an seiner Stimme, wie wütend er war, sie sah es auch an seinem Rücken, der vor Ärger bebte. Sie fürchtete sich vor so einem Vater. Wenn er so außer sich geriet, würde sie eben darauf verzichten, mit Wout zu tanzen.

Wieder in der Küche, sagte er:

«In Ordnung, dieses eine Mal. Wiesje hat mir die Leviten gelesen. Soll der Waldmensch eben am Sonntag kommen.»

«Was für ein Waldmensch?» fragte Roza.

«Na, dein Wout, wer sonst!» murrte Mon. «Bei so einem Namen muß ich eben an Unterholz und Bäume und den Urwald denken.»

An diesem Abend sprachen sie beide kein Wort mehr. Roza achtete nicht auf die Bilder, die auf der Mattscheibe vor sich hinflimmerten, sondern betrachtete das erleuchtete Profil ihres Vaters. Vor allem die heftig pochende Ader an seinem Hals beunruhigte sie. Sie legte sich früh schlafen. Als sie im Bett lag, konnte sie endlich wieder an Wout denken. Daran, wie sie am Sonntag tanzen würden. Und an den Unterschied zwischen einem Freund und einem Verehrer. Den würde ihr Wiesje noch mal erklären müssen.

Eigentlich wollte Mon nichts mit dem Besuch zu tun haben, der für seine Tochter kam. Sich aber für eine kleine Tour aufs Fahrrad zu schwingen oder Wiesje und Lucien besuchen zu gehen hätte bedeutet, daß sie mit ihrem Waldmenschen sturmfreie Bude hatte. Also blieb er zu Hause. Nach einem kräftigen Händedruck von Wout und Kaffee mit Rozas selbstgebackenem Kuchen im Wintergarten machte er es sich im Wohnzimmer gemütlich. Wiesjes Worte hallten in seinem Kopf nach. Er solle froh sein, daß Roza einen Freund hätte, und alles sei ganz unschuldig.

«Wir gehen nach oben, Papa, zum Tanzen», verkündete ihm Roza von der Tür aus.

«Und warum geht das nicht hier?» wollte er wissen.

«Weil mein CD-Player doch oben steht. Und weil Wout mein Zimmer noch nicht gesehen hat.»

Kurze Zeit später drangen die *Golden Love Songs* durch die Decke, untermalt von den schleifenden Geräuschen ihrer

 Füße auf dem Linoleum. Am ganzen Körper verspürte er Stiche der Eifersucht. Er fand den Gedanken unerträglich, daß seine Tochter in den Armen eines Mannes Tanzrunden drehte. In den Armen dieses Wouts mit seinem Grinsen über beide Ohren.

Die Musik verstummte. Er hörte Rozas Gekicher, ab und zu unterbrochen von der schweren Männerstimme. Dann wurde es still. Mon versuchte, ein wenig Zeitung zu lesen, doch die Zeilen verschwammen ihm vor den Augen. Unruhe trieb ihn erst in die Küche, dann in den Garten. Und wieder nach drinnen, wo die Stille noch immer über seinem Kopf brauste. Polternd stieg er die Treppe hinauf, in der Hoffnung, daß Roza ihn hörte. Er klopfte kurz an ihre Zimmertür und trat dann ein, ohne eine Antwort abzuwarten. Wout saß in einem der Rattanstühle mit einem Goldfischglas voll Konfetti auf dem Schoß. Mit der rechten Hand rührte er in den bunten Schnipseln. Roza stand neben dem Regal, in dem sie ihre Sammlung ausgestellt hatte.

«Ich habe Wout gezeigt, wie ich das mit meinem Locher mache», sagte sie, rot vor Aufregung. «Er wird buntes Papier für mich aufheben, aus der Druckerei, wo seine Schwester arbeitet …»

«Und ich habe ihr Tango beigebracht», sagte Wout.

«Ich wollte nur kurz sagen, daß dich deine Mutter in einer halben Stunde abholen kommt», sagte Mon. «Willst du vielleicht unten noch ein Bierchen trinken?»

«Nein, vielen Dank», sagte Wout. «Bier schmeckt mir nicht. Ich mache lieber noch ein bißchen Löcher mit Roza. Ich komme um halb fünf dann schon von selbst nach unten.»

Er streckte Mon seinen Arm hin, so daß der seine beeindruckende Uhr sehen konnte.

«Damit kann ich hundert Meter unter Wasser schwimmen und sehen, wie spät es in allen Ländern der Welt ist», sagte er.

«Und wie spät ist es jetzt in Lourdes?» fragte Roza, während sie Maria in ihrer kleinen gläsernen Kuppel einschneien ließ. Sie hatte Wiesje das Souvenir beim Aufräumen von Moekes Haus abgeluchst. Jedesmal, wenn sie es schüttelte, wurde ihre Mutter für einen Augenblick lebendig.

Mon zog sich unauffällig zurück. Er stellte sich ans Fenster, die Hände in den Hosentaschen vergraben. Pünktlich um halb fünf fuhr Mutter Verdonck mit ihrem Fiat Panda vor. Kaum daß die Hupe durch die ruhige Straße schallte, betrat Wout das Wohnzimmer und gab Mon einen derart festen Händedruck, daß dessen Fingergelenke knackten.

«Auf Wiedersehen und herzlichen Dank für die Gastfreundschaft», sagte er. «Nächsten Sonntag komme ich wieder.»

Roza winkte ihm und seiner Mutter hinterher, bis sie um die Ecke verschwunden waren. Dann drehte sie sich mit einem tiefen Seufzer zu Mon um:

«Papa, ich rufe kurz mal Wiesje an. Ich glaube, Wout ist in mich verliebt.»

«Und du?»

«Ich auch in ihn, natürlich. Vielleicht werden wir heiraten.»

Eine halbe Stunde später traf Roza Mon in der Küche an, als sie mit dem Kochen beginnen wollte. Er saß am Tisch mit einer Flasche Genever vor sich.

«Heiraten, du und heiraten!» seufzte er hinter ihrem Rücken.

«Ja, Papa, in Weiß, mit einer Schleppe», sagte sie, ohne sich umzudrehen.

An den nächsten beiden Sonntagen kam Wout wieder, und beide Male wiederholte sich das gleiche Programm: Kaffee und Kuchen, Musik, schlurfende Schritte, Stille. Kurz bevor diese Stille seinen Kopf zum Bersten brachte, polterte Mon – demonstrativ lärmend – die Treppe hinauf und steckte den Kopf in Rozas Zimmer. Das erste Mal überraschte er sie dabei, wie sie gemeinsam die CD-Hüllen betrachteten. Beim zweiten Mal saß Wout mit der Zunge zwischen den Lippen da und konzentrierte sich darauf, nach Rozas Anweisungen einen Löcherrand in einen Werbeprospekt zu stanzen.

Am darauffolgenden Montag rief Wiesje ihn an, um halb elf am Abend. Roza schlief schon.

«Papa», sagte sie in einem für ihre Verhältnisse milden Ton, «du solltest Roza nicht so kontrollieren. Sie hat mir erzählt, daß du jedesmal in ihr Zimmer kommst, wenn Wout da ist. Wir sollten froh darüber sein, daß sie einen Freund ihres Kalibers hat und die beiden sich so gut verstehen, Papa. Schließlich ist sie eine erwachsene Frau, und es ist außerdem alles viel unschuldiger, als du denkst.»

«Das bezweifle ich», sagte Mon, «sie will ihn heiraten, sagt sie.»

«Och, das sagt sie doch nur so. Ein bißchen verliebt dürfen sie doch wohl sein. Oder hast du vergessen, daß du selbst auch einmal jung gewesen bist?»

«Ja», schnaufte Mon, «in gewisser Weise schon.»

Trotzdem ging er auf ihren Vorschlag ein. Am nächsten Sonntag, wenn Wout bei Roza wäre, würde er in der Zeit zu Wiesje und Lucien gehen. Um sicherzugehen, daß er es sich nicht im letzten Moment anders überlegte, schickte Wiesje ihren Sohn, um ihn nach dem Essen abzuholen. Joeri hatte sich wie gewöhnlich das Franzosenmützchen aus Lourdes auf die Korkenzieherlocken gesetzt und erklärte seinem Großvater zum wiederholten Male, daß das weniger etwas mit Mode als vielmehr mit seinem ‹Image› zu tun habe. Mon nickte, wenngleich er es nicht ganz verstand. Die Straßen waren naß und wie ausgestorben. Er fühlte sich alt, klein und zu nichts nütze.

Gegen halb sechs ging er wieder nach Hause. Es war Anfang Dezember, und der trübe Tag war schon in einen pechschwarzen Abend übergegangen. Mon sah nirgends im Haus Licht brennen. Er hatte erwartet, daß Roza in der Küche beschäftigt sein würde. Gerade hatte er sich entschlossen, durch den Wintergarten ins Haus zu gehen, als er auf dem Sofa etwas Weißes schimmern sah. Er knipste die Lampe neben der Tür an, und und im Flutlicht wurde eine Art *Tableau vivant* sichtbar.

Wout saß mit ausgestreckten Beinen in einer Ecke des alten Sofas, wie am Waschbecken im Friseursalon. Roza lag mit dem Kopf auf seinen Knien. Wouts rechte Hand ruhte entspannt mit gespreizten Fingern auf der Lehne, seine linke lag auf ihrer linken Brust. Es war ihre rechte Brust gewesen, die Mon in der Dunkelheit hatte leuchten sehen. Rozas geblümte Bluse lag wie ein verwelktes Bukett auf dem Teppich, neben ihrem BH.

Sie schliefen. Mon sah, wie der kolossale Körper seiner Tochter und der schmächtige Leib Wouts sich synchron auf und ab bewegten. Ihm stockte der Atem, und genau in diesem Augenblick jenseits von Raum und Zeit hörte er draußen die Hupe des Fiat Panda. Reflexartig zog er den schweren Vorhang vor der Tür zu. Der Fleischberg geriet in Bewegung, Roza schrak aus dem Schlaf auf.

«Was macht ihr hier, verdammt noch mal!» brüllte Mon.

«Wir haben uns die Sterne angesehen, Papa», sagte Roza.

«Ja», sagte Wout, halb unter ihr begraben, «aber ich glaube, jetzt habe ich gerade meine Mutter gehört.»

«Sieh zu, daß du dich anziehst, Roza. Und du, Wout, bist in zwei Minuten draußen, kapiert? Ich verwickle deine Mutter so lange in ein Gespräch.»

Obwohl er sein Herz in seinem Brustkorb rasen spürte, sagte Mon ganz ruhig zu Mutter Verdonck, ihr Sohn sei gleich soweit. Er müsse nur noch etwas aufräumen. Und sie antwortete, daß sie heute auch etwas später dran sei, da sie noch Besuch von ihrer Schwester bekommen habe.

Wout verabschiedete sich mit einem festen Händedruck von Mon, bevor er in den Panda stieg.

«Danke für die Gastfreundschaft und bis nächste Woche», sagte er wie gewöhnlich. Mon warf die Wagentür mit einem lauten Knall zu.

In der Küche fragte Roza, ob sie ihm ein Omelett machen solle oder ob er lieber einen *Croque Monsieur* haben wolle.

«Bist du böse auf mich, Papa?» fragte sie, als er keine Antwort gab.

«Oder bist du böse auf dich selbst?»

Sie schlug zwei Eier über einer Schüssel auf und wartete, bis die Butter in der Pfanne zu zischen begann.

Am folgenden Tag rief Mutter Verdonck an, um mitzuteilen, ihr Sohn werde am nächsten Sonntag nicht kommen. Und auch an keinem anderen Sonntag mehr. Und was er ihr da später noch erzählt habe. Daß seine Tochter ihn verführt habe.

«Verführt? Roza?» sagte Mon einfältig. «Sie weiß doch noch nicht einmal, was das ist.»

«Ich bitte Sie, Monsieur, stecken Sie den Kopf nicht in den Sand!» schimpfte Mutter Verdonck. «Mein Wout hat mir erzählt, sie habe sich vor ihm ausgezogen, und er habe, sie habe ... nun ... ich muß doch nicht noch deutlicher werden! Und ich dachte, das wäre alles nur eine unschuldige Freundschaft, mit dem Tanzen und dem Löchergetue Ihrer Roza! Ich war davon ausgegangen, daß sie eine gute Erziehung genossen hat. Aber darin habe ich mich wohl gründlich geirrt. Denn sie hat ja offenbar die Initiative ergriffen. Ich denke, im Interesse unserer Kinder müssen wir ihnen den weiteren Umgang miteinander verbieten. Wir müssen sie vor sich selbst und voreinander beschützen. Das ist doch unsere elterliche Pflicht, hab ich nicht recht, Monsieur?»

«Ja», sagte Mon. Er kam sich vor wie ein Verräter, und gleichzeitig verspürte er eine große Erleichterung.

«Jedenfalls freut es mich, daß wir da einer Meinung sind», plapperte Mutter Verdonck weiter an seinem Ohr. «Ich glaube, es wird das beste sein, wenn wir alle weiteren Kontakte unterbinden. Im übrigen ist die Wahrscheinlichkeit groß, daß Wout irgendwann in eine betreute Wohngemeinschaft kommen wird, schließlich werde auch ich nicht ewig leben. Für Ihre andere Tochter tut es mir natürlich sehr leid, aber ich werde ihn von nun an wohl besser zu dem neuen Herrenfriseur im Dorf bringen. Lieber ein Ende mit Schrecken als ein Schrecken ohne Ende, nicht wahr, Monsieur?»

«Ja, wahrscheinlich haben Sie recht, Madame.»

Mon wußte nicht, was er sonst sagen sollte.

Roza und Wout sahen einander nie wieder. Doch das Ende mit Schrecken, von dem Mutter Verdonck gesprochen hatte, jagte Roza einen nicht enden wollenden Schrecken ein. Roza trauerte für den Rest ihres Lebens um ihre verlorene Liebe. Fast jede Nacht träumte sie von dem weißen Hochzeitskleid mit einer langen Schleppe, das sie nie tragen würde, von Wout, dessen Haar sie nie wieder waschen würde, und von seiner warmen Hand, die nie wieder auf ihrer Brust liegen würde. An jenem Abend im Wintergarten, kurz bevor sie eingeschlafen war, hatte sie in einem einzigen klarsichtigen Augenblick gewußt, daß nun ihre Zukunft beginnen würde. Und daß sie Geld kosten würde: ein Hochzeitskleid mit einer Schleppe, ein Empfang mit Sekt und Hunderten kleiner Leckereien, ein eigenes Haus mit ganz neuen Möbeln in allen Zimmern. Sie hatte sich vorgenommen, Mon am nächsten Tag von ihrem Geheimnis zu erzählen. Und durch das gläserne Dach hatte sie zwischen den Sternen Flora gesehen, die ihr zugenickt hatte, daß es gut war.

Nachdem Mon mit Wouts Mutter telefoniert hatte, war die Zukunft gleichzeitig mit den Sternen verloschen. Wenn Roza in den darauffolgenden Jahren an ihren verborgenen Schatz dachte, sah sie vor allem Wout vor sich und nicht all das Geld, mit dem sie sich ein eigenes Leben hätte kaufen können.

Roza und Mon setzten ihr Leben in dem alten Haus fort. Sie stützten einander wie zwei Bäume, die nebeneinander gewachsen waren und ihre Kronen vereinigt hatten. Sie sagten, was gesagt werden mußte und schwiegen über das, was besser unausgesprochen blieb. Im Jahr 2000, als Mon schon weit über achtzig war, fiel zum ersten Mal das Wort ‹Altersheim›.

Es klang wie ein Fluch. Geistig war er zwar noch rege, doch sein Körper wollte nicht mehr so recht mitmachen. Es knarrte und knirschte in all seinen Knochen. Roza, inzwischen selbst fast fünfzig und mitten in den Wechseljahren, konnte die tägliche Versorgung ihres Vaters nicht mehr bewältigen.

Lucien schlug schließlich vor, was auch Wiesje für das beste hielt, nämlich für Roza ein mit allem Komfort versehenes Gartenhäuschen hinter ihrem eigenen Haus zu bauen. Dann hätte sie ihren eigenen Platz, während man sie doch im Auge behalten könnte. Roza würde fortan zu ihnen gehören, so wie sie Mon und Flora angehört hatte. Es gelang ihm, die Sache so einzufädeln, daß er den Löwenanteil der Arbeit erledigte, Mon sich jedoch als Bauleiter wähnte.

Mit gemischten Gefühlen sah Roza, wie hinter den kleinen Apfelbäumen ihr eigenes kleines Nest heranwuchs. Als sie sich darauf geeinigt hatten, daß Mon das alte Haus verkaufen würde, beschloß er, die Grotte abzureißen. Joeri würde ihm dabei schon helfen.

«Bevor die Käufer kommen», sagte er mehr zu sich selbst als zu Roza, «sonst denken sie noch, sie wären in Scherpenheuvel gelandet. Oder in Lourdes.»

Es war das letzte Mal, daß er Roza einen Wutanfall bekommen sah. Sie lief rot an und stolperte über ihre eigenen Worte.

«Das ist meine Grotte, und ich bestimme darüber», kreischte sie. «Ich habe sie zu meinem Geburtstag bekommen. Von dir – und von Mama! Ich will, daß sie da bleibt, wo sie ist.»

Mon erschrak über ihren Ausbruch. Und darüber, wie mißtrauisch sie ständig hinter ihm herlief, wenn er in den Garten schlurfte oder zu seiner Werkstatt ging.

Sie war nicht umzustimmen. Es sei ihr Geburtstagsgeschenk, und sie verbiete ihm, es einfach abzureißen. Mon hatte nicht die Kraft, dagegen anzugehen. Auf dem Gesicht der Heiligen Jungfrau lag seit langem schon ein grauer Schleier, und zwischen den Falten ihres Mantels wuchs Moos. So sah die Mutter Oberin Jahre nach ihrem Tod wahrscheinlich auch aus, dachte er bei sich.

Es dauerte noch gut zwei Jahre, bis Roza ihre Meinung änderte. Dank Iris' Fürsprache, die in dem neuen Altersheim arbeitete, hatten sie dort ein Plätzchen für Mon ergattern können. Roza selbst würde um ihren fünfzigsten Geburtstag herum in das Gartenhaus einziehen, das, ausgestattet mit neuen Möbeln und altem, vertrautem Krimskrams, schon auf sie wartete. Sie versprach ihrem Vater, ihn jeden Tag besuchen zu kommen. Und sonntags würden sie ihn immer abholen, zum Essen bei Wiesje. Dann wären sie alle wieder zusammen. Fast wie früher.

Am 2. Februar 2002 hatte Roza sich auf das Sofa fallen lassen, um sich die Hochzeit des niederländischen Kronprinzen Willem-Alexander mit seiner Máxima anzusehen. Als beim argentinischen Tango die Tränen der Braut zu fließen begannen, wurde es Roza zuviel. Sie schluchzte heftig und herzzerreißend in ihre Schürze. Hochzeitskleider mit einer Schleppe schlugen ihr sowieso immer aufs Gemüt, aber die echten, nicht zu übersehenden Tränen auf Máximas Wangen waren für Roza die Tropfen, die das Faß zum Überlaufen brachten. Die Tangomusik entfesselte ihren tiefvergrabenen Kummer und all ihre unerfüllten Sehnsüchte. Es gab kein Halten mehr: Die Deiche brachen, und Roza heulte Rotz und Wasser. Sie jammerte vor Elend und knirschte vor ohnmächtiger Wut mit den Zähnen. Solange die Tangomusik aus dem Fernseher drang, spürte sie Wouts Hand auf ihrem Rücken brennen, hörte das Geräusch seiner Tanzschritte auf dem Boden.

Gegen Mittag schaltete sie den Fernseher schließlich aus, um die Suppe für Mon aufzuwärmen. Sie konnte noch immer nicht aufhören zu weinen, sosehr sie sich auch bemühte. Um vier Uhr war ihr ganzes Gesicht aufgedunsen, und ihre rotumränderten Augen traten aus den Höhlen hervor. Einer plötzlichen Eingebung folgend, baute sie sich breit vor ihrem Vater auf und sagte:

«Papa, wir sollten die Grotte doch besser abreißen. Ich werde die Marienstatue mit einer Stahlbürste und einem Putzmittel abschrubben. Ich will sie an der Seitenwand meines neuen Hauses aufstellen.»

«Gut, dann werde ich Lucien bitten, uns morgen dabei zu helfen», sagte Mon.

«Nein», antwortete Roza. Ihre Stimme fing schon wieder an zu zittern. «Ich will das mit dir zusammen machen, jetzt gleich.»

«Aber Roza, das ist schwere Arbeit», wandte er noch ein.

Doch er sah, wie ihr die Tränen erneut über die Wangen liefen.

«Schauen wir uns erst einmal an, wie wir das am besten angehen», fügte er hinzu. Roza einen Wunsch abzuschlagen fiel ihm noch immer schwer.

Sie zogen ihre Jacken an und durchquerten gemeinsam den Garten. Das gefrorene Gras knirschte unter ihren Füßen. Auf halbem Wege machte Roza kehrt. Mon sah, wie sie in die

Werkstatt ging und mit zwei Schraubenziehern zurückkam, einem großen und einem kleinen.

«Weißt du noch, Roza, daß du unbedingt diese Grotte haben wolltest, als du vierzehn wurdest, und daß ich die Statue damals von der Schwester bekommen habe? Und jetzt wirst du bald fünfzig, und das Ding steht immer noch fest wie am ersten Tag. Versteht dein Vater nun sein Fach?» Er versuchte, sich nicht von Rührung überwältigen zu lassen.

Roza hörte ihm gar nicht zu. Sie steckte den größeren der beiden Schraubenzieher in den Spalt unter dem Sockel, drückte den kleineren daneben hinein und hebelte die Vorderseite wie einen Deckel auf. Mon sah, wie sie aus dem dahinter liegenden Raum eine weiße und eine rote Brotdose aus Plastik zum Vorschein holte.

«Was ist das, Roza, was hast du da versteckt?»

Roza fegte den Staub und Schutt ab und sagte, sie werde es ihm drinnen sagen. Ihr sei hier viel zu kalt.

Mon wurde bleich, als sie in der Küche die Dosen auf eine Zeitung stellte und die Deckel lüftete, und er wurde noch eine Spur bleicher, als Roza die Zehntausenderscheine wie dicke Fächer ausbreitete. Sie reichten vom einen Ende des Tisches bis zum anderen.

«Aber Kind, wo kommt denn all das Geld her? Wie lange liegt es schon da in der Grotte?»

«Mama hat es in Moekes und Vaders Haus gefunden, als sie tot waren. Ich durfte es dir nicht sagen, es war ein Geheimnis. Kurz bevor sie gestorben ist, hat sie mir verraten, wo sie es versteckt hat. Es war für meine Zukunft, hat sie immer gesagt. Aber ich wußte nicht, wann das war. Mit Wout, ja, damals dachte ich ganz kurz … Aber jetzt, wo wir hier weggehen, gibt es keine Zukunft mehr.»

Ihre Stimme war gegen Ende ihres Monologs beinah unhörbar geworden.

«Für mich gibt es nur noch wenig Zukunft, Kindchen», sagte Mon besonnen, «aber du bist noch jung. Du fängst bald dein eigenes Leben an. Warte es nur ab.»

Als er sich wieder ein wenig gefangen hatte und die Scham über seinen Anteil an dem Bruch mit Wout wieder verdrängt hatte, schlug er sich plötzlich mit der flachen Hand gegen die Stirn.

«Roza», sagte er, «weißt du, woran ich gerade denken muß? An den Euro.»

«Ja, jetzt ist alles in Euros», bestätigte Roza.

Mon konnte die ganze Nacht nicht schlafen. Am nächsten Morgen war er um neun Uhr auf der Bank, um sich zu erkundigen, bis wann man belgische Banknoten eintauschen konnte. Er hoffte, daß er alles richtig verstanden hatte, und notierte zu Hause schnell ein paar Daten, bevor er sie wieder vergessen hätte. Er würde das Geld aufbewahren, bis sie die Sache mit dem Haus hinter sich hätten, und dann alles auf die Konten seiner Töchter überweisen. Sie würden beide die Hälfte bekommen, damit müßte sich Flora abfinden. Ziellos lief er danach im Haus auf und ab und hielt schließlich einen Augenblick im Wintergarten inne. Er sah hinauf in den Himmel. Sterne gab es zu dieser Zeit keine, nur eine große graue Regenwolke, so daß er keine Chance hatte, Floras Geist zu Gesicht zu bekommen.

In der Küche legte Roza gerade die Wäsche zusammen.

«Erzähl Wiesje vorläufig besser nichts von dem Geld, Kind», sagte er zu seiner Tochter.

«Ist es jetzt schon wieder ein Geheimnis?» fragte Roza.

«Nein, aber ich erzähle es ihr lieber selbst, im richtigen Augenblick. Ich habe es erst mal unter meine Matratze gesteckt.»

Sie schwiegen.

«Weißt du, was ich auf der Bank gehört habe?» fuhr Mon fort. «Daß sie belgisches Geld mit kleinen Löchern perforieren, um es ungültig zu machen.»

Roza lachte.

Am Morgen des 10. April, zwei Tage vor Rozas Fünfzigstem, verbrachten Vater und Tochter gemeinsam ihre letzten Stunden in dem alten Haus. Nach dem Mittagessen wurde Mon im Altersheim erwartet.

Sie gingen einander aus dem Weg, weil sie nicht wußten, wie sie mit der Leere und der Zeit umgehen sollten, die plötzlich stehengeblieben zu sein schien. Mon saß tatenlos in einem Rattanstuhl im Wintergarten. Er schaute hinaus in den Garten, wo neues Leben aus der Erde herausdrängte und die Blüten wie Schnee herunterrieselten. Langsam erhob er sich und tat seinen letzten Gang durch das Haus. Mit knackenden Knien ging er die Stufen hinauf. Er sah sich noch einmal im Badezimmer mit den meergrünen Kacheln um, die er selbst, Stück für Stück, an den Wänden befestigt hatte. Das Schlafzimmer war leer, bis auf das Ehebett. Er hätte schwören können, daß sich der Abdruck von Floras Körper schemenhaft auf der Matratze abzeichnete.

Rozas Tür stand einen Spaltbreit offen. Mon drückte sie geräuschlos auf und sah seine Tochter auf dem kahlen Boden sitzen, umringt von Stapeln aus Banknoten. Der Locher von Mutter Oberin stand neben ihr, und überall, überall lagen Maulwurfhügel aus Konfetti.

«Roza!» rief Mon, «was machst du denn da?»

«Das ist für meine Geburtstagsfeier, Papa, als Dekoration. Ich werde überall im Gartenhaus Konfetti verstreuen. In meiner neuen Zukunft bezahlen wir ja doch mit Euro.»

Sie hielt einen Fächer durchsiebter Zehntausenderscheine hoch. Durch die kleinen Löcher an den Rändern sah sie vage, wie ihr Vater sich am Türpfosten abstützte.